《山河挚爱：2020宁夏抗疫纪实》
丛书编写组

报告文学卷

撰　稿　　韩银梅　计　虹　曹海英　张　涛　杨　咏　陈莉莉

新闻纪实作品（卷一、卷二）

主　编　　周庆华

副主编　　赵海虹　马文锋　杨学农　张国礼　张九阳　张　强　连小芳

编　委　　刘建华　杨宗惠　马钦麟　张　靖　李　刚　吴少男　张慈丽

诗歌卷

主　编　　杨　梓　谢　瑞

日记书信卷

主　编　　漠　月　闫宏伟

艺术卷

主　编　　庚　君　吴建新　王雪峰　宋　琰　徐娟梅

封面题字　　郑歌平

宁夏回族自治区应对新冠肺炎疫情工作指挥部办公室　主编

山河挚爱

2020宁夏抗疫纪实

报告文学卷

韩银梅　计虹　曹海英　张涛　杨咏　陈莉莉　著

黄河出版传媒集团
阳光出版社

图书在版编目（CIP）数据

山河挚爱：2020宁夏抗疫纪实. 报告文学卷 / 宁夏
回族自治区应对新冠肺炎疫情工作指挥部办公室主编；
韩银梅等著. -- 银川：阳光出版社, 2020.8
　ISBN 978-7-5525-5243-0

　Ⅰ.①山… Ⅱ.①宁… ②韩… Ⅲ.①报告文学 – 中
国 – 当代 Ⅳ.①I217.1

中国版本图书馆CIP数据核字(2020)第169136号

山河挚爱：2020宁夏抗疫纪实·报告文学卷

　　　　宁夏回族自治区应对新冠肺炎疫情工作指挥部办公室　主编
　　　　韩银梅　计虹　曹海英　张涛　杨咏　陈莉莉　著

责任编辑　谢瑞　陈建琼
封面设计　星秀文化传媒
责任印制　岳建宁

黄河出版传媒集团
阳光出版社　出版发行

出 版 人　薛文斌
地　　址　宁夏银川市北京东路139号出版大厦（750001）
网　　址　http://www.ygchbs.com
网上书店　http://shop129132959.taobao.com
电子信箱　yangguangchubanshe@163.com
邮购电话　0951-5047283
经　　销　全国新华书店
印刷装订　宁夏银报智能印刷科技有限公司
印刷委托书号　（宁）0018260

开　　本　889 mm × 1194 mm　1/16
印　　张　16.5
字　　数　210千字
版　　次　2020年8月第1版
印　　次　2020年11月第1次印刷
书　　号　ISBN 978-7-5525-5243-0
定　　价　58.00元

第二部分｜守望家园

第三部分 | 迎接曙光

引 子

　　公元2020年1月22日，如同中国大地上每一个为迎接春节的到来而变得喜庆、忙碌的城市一样，位于宁夏回族自治区贺兰山与黄河交汇处的"塞上湖城"银川市的街头巷尾、社区商圈、村镇农户无一例外地在为将要来临的农历新年——中华民族最为隆重的节日——而沉浸在除旧迎新的吉庆氛围当中。这一天，石嘴山市大武口区的"冰雪嘉年华"活动刚拉开序幕不久，冰上龙舟赛、冰车接力赛、速度滑冰、雪地拔河、高山滑雪……诸多休闲娱乐项目已经开门迎客，这一天，平罗县城里，一场由13支乡镇社火表演队参与的民间社火表演，在县城西区的文化广场上敲响了大鼓与大镲，灿烂的冬阳之下，人们围聚在社火表演现场，因热闹又欢快的表演而绽开笑容，一时忘记了寒冷和一年的辛劳。

　　而远在长江中下游江汉平原上的湖北武汉市已经证实开始传播

一种名为"新型冠状病毒肺炎"的传染病，仅1月19日和1月20日两天已经有136例新增确诊病例。1月20日下午，前往武汉考察的国家卫生健康委高级别专家组成员钟南山院士，在接受中央电视台电话采访时明确表示"新型冠状病毒人传人"。1月21日16时，国家卫生健康委发出通报，宁夏发现一例疑似新型冠状病毒肺炎病例。这些使人忧虑的消息影响了人们的好心情，人人心中又满怀对节日的渴盼，家人团圆、亲朋相聚、舒缓身心、眺望新春……所以，大多数人希望这个"新型冠状病毒"会像冬季的一场流感一样，很快被抑止。

历史上，任何一次疫情的初发阶段，人们都不愿意相信"疫情来了"的事实。对坏消息的漠视与闪躲是人的共性，直到躲不过去，人们才能够正视与接受它所带来的恐惧与痛苦。但无论人们怎样不情愿，在人员流动量最大的春节前夕，病毒还是传播了开来。偏居西北的宁夏回族自治区亦在病毒传播之列。疫情的传播速度比人们想象得要快，湖北如此，宁夏也如此。2020年1月21日17点57分52秒，宁夏新闻网发布题为《宁夏发现一例疑似新型冠状病毒感染肺炎病例》的新闻，这条新闻显示，新冠病毒已经沿着陆地与天空的交通线路抵达宁夏。但同时，细心阅读这条新闻，人们会发现，就在武汉疫情的发展还扑朔迷离之际，宁夏已经有所意识并行动，开始部署疫情防控工作。

（宁夏回族自治区）已于1月14日国家卫生健康委召开电视电话会议对全国疫情防控工作进行全面部署后，启动安排部署了我区疫情应对防控相关准备工作，在全区二级以上公立医院完善启动了预检分诊、发热门诊工作，主动搜索发热患者，及时开展实验室检测……

病毒的危害性有多大？是否会危及生命？宁夏回族自治区党委和政府将怎样阻断病毒，又将如何保护这方水土上的百姓安危？此时此刻，心存疑问与担忧的宁夏人如果看到了这条新闻，内心一定会感到一丝宽慰。

2020年1月22日是特殊的一天。这一天，新型冠状病毒肺炎被确定蔓延至宁夏回族自治区的首府银川；这一天，宁夏回族自治区新型冠状病毒感染的肺炎疫情防控工作领导小组召开第一次会议，安排部署全区疫情防控工作；这一天，全区各级医疗卫生机构重点科室人员开始24小时在岗待命，实行疫情日报告和零报告制度，并确定宁夏医科大学总医院、宁夏回族自治区人民医院、宁夏回族自治区第四人民医院、银川市第一人民医院等4家医院为首批自治区定点医院。这天起，宁夏近700万民众，将与全国人民一起，面对新型冠状病毒，共同经受危及生命的风险与考验，共同寻找阻挡和遏止病毒的办法，共同迎接一次人类面临的困难与危机。

接下来的数周时间，从公众到政府，从医院到生活小区，从商业网点到高速公路，一条条拦截病毒蔓延和前行的生命线，在宁夏境内迅速连接并扩展成一张严密的疫情防控网络。从宁夏最北端的地级市石嘴山市，到最南边的固原市，宁夏回族自治区境内的5个地级市、9个市辖区、2个县级市、11个县，在每一个防控网络的节点与枢纽上，都部署了阻防措施与防控人员。这些集结在防控网络上的人员是一个庞大的群体，他们由医护人员、社区基层工作者、机关干部、警察、志愿者、村民委员会成员、退役军人等来自社会各行业的人员组成。他们的人数不可胜数，毅力也非寻常人可以比拟，但他们同时又是人父、人妻与人子。困难当前，一个人是为自己还是为他人考虑，危机到来时，在个体与集体之间、自我与他人之间，该作出怎样的选择，这些在风平浪静的日常生活中容易被搁置一旁的思考，这些已经被多元价值观淡化成并非大是大非的问题，随着病毒的快速传播，迅速摆在人们面前。如果没有人为的全力阻截，病毒必然会通行无畅。2020年1月底，当新型冠状病毒恣意扩散，更多人还在犹豫和心怀侥幸的时候，这个集结在宁夏防控病毒阵地上的群体已经站在了比他们人数更为众多的普通人面前。

第一部分
CHAPTER·1 │ 战"疫"初起

"就因为我是一名医生"

2020年春节前夕，当人们正沉浸在惯性的生活及过年的氛围中时，新型冠状病毒肺炎疫情暴发，随即蔓延。对于银川市第一人民医院呼吸科副主任陈丽君来说，她敏感地意识到，呼吸传染病就是呼吸与危重症医学科该管的病，她责无旁贷，于是迅速地开始做一些"投入战斗"的准备。

陈丽君，1972年生，1994年从宁夏医科大学毕业后就来到了银川市第一人民医院，在呼吸与危重症医学科工作，一干就是26年。在这漫长的二十多年当中，她从一个青涩的年轻医生逐渐成长为银川市第一人民医院呼吸与危重症医学科副主任，宁夏呼吸疾病临床医学研究中心主任，主任医师，硕士研究生导师，入选宁夏回族自治区青年拔尖人才国家级学术技术带头人后备人选，银川市凤城名医，人民网优秀女医生，享受银川市政府特殊津贴，还是银川市政协委员。一位四十几岁的女医生，身兼了不少职务与荣誉，但仔细看她的这些成就，就发现这一切的一切无不密切地与她的医学专业挂钩，无不是她从医生涯中一步一个脚印的见证。但陈丽君却十分谦虚，她从来不认为自己是人才，在工作学习中有太多的学者专家影响和激励着自己。她很早就对《尚书》里的一句话感受颇深，并将它当作自己的座右铭，"人而不学，其犹正墙面而立，必无所见，而举措烦挠也"。不断地学习，也使得她深深认识到自己的不足和需要更新的知识太多太多，在这一领域里学习和探索是一刻也不能松懈的。为了提高专业技能，开阔眼界，2006年她只身去了日本岛根大学附属医院研修，两年后在岛根大学攻读医学博士。在别人眼里，对一个人能获得这样的留学机会可能更多的是羡慕，可对陈丽君来说，三十来岁的年纪，抛家弃子在异国他乡攻读博士，困难重重。语言不通，生活习惯不同，没有人帮忙，很难见到导师，经常在已经断电的空荡荡的大楼里孤零零地做诸多实验，恐惧和疲惫往往会同时袭来。她都不记得自己流了多少眼泪，克服了多少意想不到的困难与不适应。在最孤独寂寞的时候她曾对着又大又圆的月亮倾诉：月亮呀你这么美，可是我却好累好累啊！毕业归来后，经历过了这一段的刻苦学习，她以为自己把这辈子的苦都吃过了，再也不会遇到比留学更难的事情了。

更何况，早在2003年"非典"疫情中她就投身一线抗击疫情，加上多年对呼吸学科的不断研究，临床经验以及管理能力不断提升，使得陈丽君医生在此次疫情暴发初期是沉着冷静、临危不惧的。当时，呼吸科的骨干、高年资医生包括科主任等4名医生迅速被抽调到发热门诊，因为发热门诊是重中之重，如果发热门诊兜不住，那整个医院的情况就不敢想象了！还有一名医生被派去武汉，等于说呼吸科的骨干力量一下子被抽走了。可本院的两个普通病区、一个ICU加在一起还有一百多号患者，呼吸科承担了本院1/3的工作量，医生都走了这些患者怎么办？医院也派来了一些临时人员，可是不专业，难以应对眼下的工作。但疫情一线在死人，最好的医护人员正奋不顾身地救人于水火之中，在水深火热的紧急情况下，一切以大局为重。陈丽君其实早就做好了随时被抽调的准备，特殊时期，像她这样的呼吸病专家既是国家所需要的最佳人选，又是她挺身而出接受严峻考验的时刻。其实在此期间，陈丽君一直忙个不停，她做了不少突发事件的应急工作，比如负责全院医护人员、援鄂医疗队员及宁夏第四人民医院医疗队的培训，新冠肺炎诊治指南，防护消毒等知识，快速提升医护人员对新发、突发传染疾病的接诊和诊治能力等。

根据陈丽君的判断，接下来的工作她有可能在三个地方巡回监管。一个是本科室，另一个是发热门诊，还有一个就是新成立的"银川临时急救医院"。果不其然，她接到去临时急救医院查看地点的通知，对这个还未成形的医院，她提前制定了一些管理制度及工作流程等，心想等过去指导工作时她的手里是有备无患的。但陈丽君没有想到，她接到的不仅是调令，更有一纸任命书——

任命陈丽君为银川临时急救医院的业务副院长。不容她多想，在紧急形势下，她只能临危受命，作为一名医生，也是她责无旁贷的担当。可更加没有想到的是：迎接她的不是一张张病床上等着她来查看的患者，而是一幢数万平方米、七层高的空荡荡的大楼。这座大楼原本是宁夏医科大学附属医院胸科医院，自完工后一直没有投入使用，眼下属于紧急临时启用。当时，陈丽君感到整个人都蒙了，之前她虽然来看过这个医院的院址和大楼外围，但她绝没有想到交到她手上的"医院"是这么一个情景，除了跟着她一起进驻的第一批加上后勤行政一共四十几名的人员之外，什么都没有！时间刚好是2月3日，大楼里的水、电、暖等也才和他们同步进行启动调试，水管漏水、下水不通、电路不畅等问题接踵而来。楼里的温度只有零上几摄氏度，窗外湖面上还结着纹丝不动的冰。而且上面下达的紧急通知就是军令状，临时急救医院就像武汉的"雷神山医院""火神山医院"，是要以速度见效率的，五天之后就要接诊患者。

一直在学校、实验室、病房患者、医疗专家及教学讲台上穿梭的陈丽君，虽说经历过重重艰辛、各种历练，吃得苦中苦的她却从来没有身处过这样的环境，面对着这么一个一无所有的医院，她的想象力完全被颠覆了。之前她制定的工作制度和工作流程全然派不上用场。怎么办? 四十多号医生、护士以女性居多，一时间，大家成了面对"无米之炊"的巧妇，困惑的眼睛也都望向了她。紧迫的形势像战场上的督战令，五天后就要接诊的现实容不得半点犹豫。那就白手起家，一个字——干！可怎么干? 时至春节，又是疫情肆虐的严重期，交通、物流、维修、保洁等行业全部停工休假，找不到专业的人员帮忙，只好靠自己的双手了！大楼里冷得要命，陈丽君指挥大家做好防护，把白大褂套在羽绒服的外面，从大楼里最基础的第一项打扫卫生做起。同时，调配的物品陆续到货，没有搬运工，陈丽君和大家一样，常常是刚放下手里的一个活儿又去对付另一个活儿。桌子、凳子、床、床头柜，一件一件地往楼里搬，电梯的调试人员到不了位，电梯没法开，大家只好咬牙往楼上抬、扛、搬！医生护士平时握针管的纤纤玉手忽然间变成了搬家工和保洁员的手，粗糙、起泡、流血，到处都是两天一夜没合眼的同事们……陈丽君身在其中，她即便有了片刻的休息时间，失眠、头痛也缠绕着她。各种无法解决的大小事迎面扑来！最要命的是急需物资因特殊情况到位缓慢，岗位人员专业水平参差不齐，新开辟的病区病房缺这少那……每时每刻都发生着从未遇到的新难题、新困难，初始阶段真的是乱成了一锅粥！

从银川市第一人民医院呼吸与危重症医学科副主任到银川市临时急救医院的副院长，陈丽君身份的转换不容她仔细掂量，她对眼前的一切只感觉"重量"在层层叠加，平日练就的坚毅淡定好像随时都会瓦解。小护士、护士长哭着来找她，她就和她们一起哭，哭过了咬咬牙再来面对。作为医生的陈丽君首先想到的是：银川市临时急救医院已然是一座医院，它不仅是医院，还是特殊时期的特殊医院。那么作为这样一个医院所必备的大规划一定得"粮草先行"，走在前头。陈丽君作为分管业务的副院长，她主抓的是：临床、医护、院感、放射、药剂、检验等，这些就是一个医院既核心又综合的主要工作。这对于以往处于银川市第一人民医院那种有着1000张病床、2000名职工、不管需要什么一个电话就搞定的优越、有序的环境的她来说，真是一次大挑战！就这样，她与新组建的医院班子一边商讨着各种规划，一边和医护人员做着最具体的体力劳动。三区两通道终于初步开辟出来，即：清洁区、污染区、潜在污染区，患者通道、医生通道。3月2日接到通知，下午4点钟开始接诊患者。这边的病房布置还在继续，所有的一切都只是初具规模。但接诊刻不容缓，患者到了，医生护士病房病床还有各种设施就得具备，可这谈何容易！数日来，陈丽君白天和大家一起战斗，晚上召集全体人员对穿脱防护服进行培训。她作为业务副院长，首先要保护好所有医护人员的安全，这是重中之重，如果医护人员出了问题，那就谈不上救治患者了！因此，对防护服穿脱这一块就有着严格的要求，大家一遍遍地练习，稍有纰漏，防护作用便会失效。特别是在前期防护服非常紧缺的情况下，一不小心就会破坏一套，大家都谨小慎微又笨手笨脚，毕竟这是每个人都面对的一件全新事情。陈丽君更是时刻揪着心！

　　医院是特殊医院，患者是特殊患者。在意想不到的情况下这些患者被突然送到这所陌生医院接受隔离治疗，完全没有充分的心理准备。而最最特殊的是：没有人知道他们是不是新冠肺炎患者，是疑似患者，还是密切接触者，或者只是普通的流感发热患者。所谓的雾里看花不过是闲适时期的浪漫，而眼前的"迷雾"却散发着格外紧张的气氛。很多患者吵闹着自己不过是小感冒，隔离14天得耽误多少事啊！有哭闹的、砸东西的、拒不配合的……笨重的防护服一穿上身，护目镜便很快起了雾，看不清又必须看清的陈丽君给患者既当医生又当心理咨询师，好几次，她在包裹严密的防护服里心脏病几乎发作，喘息艰难，被同行的人看了出来。陈丽君多年来为医疗事业的努力拼搏使得她的身体也透支很多，心脏早就有了早搏、房速频发等症状。即使如此，她的身上不离一本像砖块那么厚的红色记录本，记录下二三百号患者的详细事宜，每天有无数个电话打进来询问，她得给询问者一个一个解答。每天早晨的交班或者查房都非常仔细，非常烦琐，都不是单纯的一个病区，她负责的所有区域都得查一遍，往往查完房都到了上午10点多、11点才能走出病区，脱掉防护服。这期间，她经常失眠，每天下午都头疼。随着时间的延长，临时急救医院的管理逐步走上了正轨，初期那紧急纷乱的节奏经过磨合也得到了梳理归位，医护人员超负荷的工作也都得到了缓解。

陈丽君除了刻苦钻研医学、治病救人外，她向往并追求的其实是古典诗词里"宠辱不惊，看庭前花开花落。去留无意，望天上云卷云舒"（明·陈继儒《小窗幽记》）描述的那种淡然疏阔的洒脱。

提到家庭，提到三年前母亲的离世，陈丽君眼圈又一次红了。作为一名医生，她将许许多多的患者从死亡线上拉了回来，却没能陪在自己母亲身边将她挽救回来。这是她此生最大的遗憾！她对儿子虽亏欠很多，但也很欣慰，儿子很出息，都读研究生了。老公也是一位医生，对于她在事业上的拼搏完全能够理解。总之，无论是对待这次的疫情突发，还是在她平时的医学事业中，陈丽君医生均与她所取得的种种荣誉相匹相配，甚至用"舍小家顾大家"形容她也非常贴切。

如果把银川市临时急救医院比作一片海，陈丽君愿意做这片海中的那盏灯塔，她朴素而又诚恳地说道："就因为我是一名医生！"

抗疫一线的"粮草官"

2020年春节前夕，对于做了多年警务保障工作的西夏区公安分局警务保障室主任杨永胜而言，年前依旧忙得团团转，大年三十前的一周前后，是局里例行的年前慰问工作时段，杨永胜要提前准备好慰问物资，根据局领导的工作安排制定慰问时间，他还要陪同局领导到辖区各个派出所、分局对口扶贫户以及烈士家庭去走访慰问。每次慰问，杨永胜都会精心安排，在他心里，基层民警就是他的兄弟姐妹，他要把组织的温暖像阳光般洒在每个人的身上。

2020年1月22日，腊月二十八，杨永胜组织了分局以包饺子为主题的年会，上至局领导下至小辅警，大家齐聚分局大食堂欢声笑语迎新春、包饺子。杨永胜说，每年的这个活动，一来可以让领导和基层民警自由互动，大家在轻松祥和的气氛里聊聊家常、谈谈工作中遇到的问题以及自己的想法建议，在热烈的探讨中，还真捕捉到了不少对今后的工作改进非常有建设性的信息。二来作为大家的保障员的杨永胜也有着一点小私心，每次的包饺子年会，会包出至少几千个饺子。杨永胜会一遍遍嘱咐厨房，将这些饺子一袋袋装好冷冻起来，它们将是春节期间值班民警最好的口粮。杨永胜总是对负责厨房的同志说："手中有粮，心里不慌。"要求他们时刻关注米袋子："不能让兄弟们在前方拼命，回家了再挨饿！"

就在杨永胜和同志们喜滋滋地储备好过节的饺子，打算喘口气欢欢喜喜过大年的时候，1月23日，腊月二十九，传来了武汉全市城市公交、地铁、轮渡、长途客运暂停运营；无特殊原因，市民不要离开武汉，机场、火车站离汉通道暂时关闭的消息。当天，公安厅紧急召开了新冠肺炎疫情防控电视电话会议，要求各分局启动检查站。开完会的杨永胜脑子在高速运转，他想起了17年前的"非典"，那时候杨永胜从部队转业到刑警队工作，作为一名刑警，他在"非典"一线参加了阻击疫情的战斗。也许普通民众对于"非典"的严重性破坏性时隔多年已经淡忘，但是对在一线战场经历过层层考验和培训的杨永胜而言，他深知其中的利害。顾不得吃饭，他带上司机就开始在全市奔波采购一次性医用防护口罩、酒精、消毒液等各类防疫物资，以确保在抗击疫情第一线的公安民警、辅警的健康和安全。杨永胜说："当时我凭着工作经验和职业敏感度，对于疫情有一定的风险意识，就是要努力最大限度地保证一线弟兄们的安全，但心里也没底，不知道疫情会发展到什么程度、会严重到什么程度、会持续多久，究竟需要采购多少物资……"他心里虽然在打鼓，但是行动却一点儿不迟缓，他以风雷之势"扫荡"了局周边的医药公司。他知道这些物资不管疫情中能不能全部使用到，也绝不会造成浪费，在他们的日常工作中，刑警办案、缉毒警检查、法医化验检查等都会用到这些物资。有备无患、不打无准备之仗，这些经验刻在了曾经是一名军人的杨永胜的骨子里。抗击疫情的冲锋号一旦吹响，他就成了大家名副其实的"粮草官"，成了大家的"衣食父母"，成了大家最强有力的后备保障。

兵马未动，粮草先行。作为抗疫部队的"粮草官"，杨永胜只有一个信念：要给前方的战士配备最好最充足的铠甲，要让他们在与疫情"厮杀"的时候无后顾之忧，无心头之憾。对于他以及和他一起并肩作战的弟兄们而言，这次和他们战斗的"敌人"，在他们心里、眼中是一个陌生的可怕的"怪物"，这个"敌人"摸不到、看不着，却又能在呼吸之间让人面临生命危险。杨胜利想起当年当刑警的日子，虽然也是危机四伏，但是心里是踏实的、有安全感的。可这次不同，这次的战斗，让他这个从军从警37年的老战士心底充满了未知和担忧，他能做的就是抢时间抢物资，为防疫一线的民警筑牢一道钢筋混凝土的安全防线。1月23日，在单位附近的医药公司，杨永胜他们抢购了500多个口罩。不够！杨永胜和同志们又马不停蹄，开着车满城找，功夫不负有心人，终于在离单位几十公里外友爱路的一家药店，他们抢购了2000个一次性口罩、13个测温仪、700个护目镜。杨永胜说，卖东西的小姑娘就像看梁山好汉一样看着他们。我想，杨永胜和那个小姑娘还有更多的普通民众都没有想过2020年的春节，口罩、医用酒精、消毒液这些和我们的日常生活若即若离的物品会成为这个年最紧缺的年货。

再之后，转遍了整个银川城，像之前那种有大批存货的几乎没有了，杨永胜他们只零零碎碎地买到了一些口罩，杨永胜知道不只是他们在采购物资，其他单位也开始行动起来了，他们只是快了那么一点点，杨永胜不敢想象晚行动一天的被动局面。回局里的路上，司机因为他们比别人下手快采购到了物资而心情很愉悦，车开得又稳又快。可杨永胜一点都没有轻松下来，坐在后排座位上的他脑子里"噼里啪啦"地打着算盘，他大概估算了一下这几天的采购物资，加上之前从刑侦技术部门调拨的手套、防护服的数目，杨永胜的脸色阴沉沉的。短短几日，疫情的发展来势汹汹，自治区应对新型冠状病毒感染的肺炎疫情工作指挥部在1月26日（大年初二）发布了《宁夏应对新型冠状病毒感染的肺炎疫情工作指挥部公告》（第1号）。接到上级号令，分局紧急部署，将大量警力以地毯式铺展到社区排查、卡点防控、街面巡逻、隔离观察点值守等一线工作岗位，他们采购到的防护物资远远不能满足抗疫工作的需要。杨胜利在心里盘算着，就算按照"先基层，后机关"的原则，优先保证疫情检测点、检查站、派出所等抗疫一线警务人员的配发，也只能坚持一阵子，后面的日子怎么办呢？

回到局里，杨永胜强迫自己缓口气，镇静一些，着急解决不了问题。遇到困难，我们的公安人，说得最多的话就是："有条件要上，没有条件创造条件也要上。"这次疫情中购买物资的钱，杨永胜这个大管家一点也不愁，分局在1月25日专门召开了党委扩大会，专题研究疫情防控经费保障工作，投入专项资金专门保障疫情防控物资的购置。现在的杨永胜愁的是有钱花不出去，有钱买不到东西，这种焦虑无助就像巧妇难为无米之炊。靠在椅背上，闭目养神一会儿，心情渐渐平和下来的杨永胜，拿出笔和纸，开始谋划从哪里能采购到物资。本地是不可能了，目前市面上货源全部紧缺，他也不愿再和老百姓去"争抢"这点稀缺的保命的资源。他们做的一切也是为了保卫人民的安全，他不能只想着自己的民警不顾及老百姓的安危。他想，现在哪儿的防疫物资都很短缺，我们本地没有口罩厂，要想买防疫物资就要找有生产能力的地方，在这种严峻形势下，决不能坐等支援，兄弟们的安危容不得半点马虎和懈怠，必须自己想办法解决！

杨永胜开始在网上搜寻生产销售防护口罩、防护服、测温仪的厂家，再一家家打电话过去，有的厂家没工人开不了工，有的厂家虽然开工了但连疫情严重的省市的需求都满足不了，种种客观原因导致的结果是没有厂家能立刻提供物资，目前只能提前预约、蹲点排队。可是杨永胜等不起啊，他磨破了嘴皮子，厂家也没有松口。杨永胜知道厂家也是真的没办法，做生意的哪有上门的生意不做的呢！看来正面出击不行，只能"曲线救国"了。他又开始搜肠刮肚地琢磨自己的人脉资源，把每次出去学习、培训认识的外省市兄弟单位的熟人梳理了一遍，再一个个打电话过去请求帮助……我们从小就懂得一个道理：只要肯努力，铁杵磨成针！杨永胜的努力和坚持得到了最好的回报：他在一次开会中认识的沈阳市公安局的朋友，从沈阳市给他们协调到了2000个N95口罩，并且连夜紧急运往银川。放下电话的一刹那，杨永胜长长地出了一口气，在这个北方依旧寒冷的冬夜，他的后背被汗打湿了，他推开窗想透口气的时候，一阵冷风吹过，后背冰凉，可他的心是火热的。远处传来了零星的爆竹声，今天是大年初一啊，杨永胜的心头闪过远在内蒙古的年迈的母亲和正在医院住院治疗的病重的父亲，本来这个年他打算回去好好照顾一下二老，以弥补这些年来对他们的亏欠，可是疫情就是命令，他怎么能安心回去？他只能匆匆忙忙给姐姐、姐夫打了个电话，拜托他们好好照顾二老……

咚咚咚，有人敲门。杨永胜的思绪被拉了回来。

"进来。"

"杨主任，这是您要的咱们局目前现有的防疫物资数目和各所的人员数量、现有物资情况，您看看要怎么分配？还有，食堂要怎么准备？咱们库存的棉被、军大衣、行军床数量恐怕不够，是不是要和上级申请协调调拨？……"

暂时解决了物资短缺的燃眉之急，还有后续一连串的问题摆在杨永胜面前。如何合理分配这些物资，把它们的作用发挥到极致，确保全局681名民警、辅警都得到最妥善的保障，是摆在杨永胜面前的又一块硬骨头。杨永胜一项一项地仔细检查登记册上的记录，又楼上楼下地跑来跑去亲自核实确认，等到他处理好物资分配和发放的时候，天已经放亮了……

天亮了，食堂一天的工作开始了，杨永胜又快步下楼去了食堂，他抓起一个馒头边吃边询问食堂负责人现有的情况和需要。刚开始，食堂给各执勤点实行送餐制，他跟着送了一次就及时改正了这种方式，原因是他们分局辖区内有9个执勤点，点多线长，送一圈下来，到后面的执勤点饭就凉了，同志们冰天冷地地执勤，再吃不上一口热饭，杨永胜这个"大管家"心里不好受。他迅速对工作做了调整，定期给各派出所送新鲜的牛羊肉、蛋、蔬菜、水果等，由各执勤点临近的派出所负责送餐，这样就能保证一线民警吃到热饭。"那次上面给局里分发下来20条鱼，我们全部送到了派出所，人多的派出所3条，人少的派出所2条，机关1条没留。"杨永胜说。除此之外，他们警务保障室还为大家准备了大量的方便面、火腿肠、馍片、面包、自热米饭等速食食品。

做好一线的保障服务工作，只是警务保障的工作重点之一，与此同时，他们还要做好机关内部防疫工作。疫情暴发后，机关和基层一样取消了所有休假，全员在岗，这些同志一边做分内工作，一边协助一线民警开展工作，他们每天都在和病毒近距离打交道。按杨永胜的话就是："前方物资保障了，可是'大后方'的防疫工作也不能放松。"为此，杨永胜又和同志们一起不分昼夜地制定了一系列措施保障分局机关安全。一是严格内部管理，只留一个大门出入，专人轮岗、24小时对进出人员进行测温，对出入车辆进行消毒，还设置了废弃口罩收集箱，在电梯内放置纸巾等细节上的精心安排，从各个方面阻断病毒传染途径。二是发放防护装备，将口罩、护目镜、手套、消毒液等防护物资发放到各部门，由各部门根据各自人员安排再行分配，安排专人对全楼办公场所定时消毒。三是加强消毒防护，在卫生间放置酒精、消毒液，供民警、辅警日常自行消毒，同时精准排查病毒易传播区域，由专人对公共区域、食堂进行每日消毒。尤其是对食堂这种容易有规模聚集的地方，又做了更加严格的措施要求：所有工作人员自备饭盒、分时打饭、各自回办公室就餐。

在严格措施下，杨永胜他们打造出了一个安全、坚实、可靠的"大后方"，为前方作战的同志们提供了最强有力的保障。从警34年，干警务保障工作7年，杨永胜也算是经历过风雨和大场面的人，可他却说："从来没有一次任务感觉压力这么大，前期防疫物资分配完成后，后面每隔一天我都要给各部门打电话了解一下他们缺什么、还需要什么，随时掌握情况，随时补充保障。我每天做梦都是大家伙和我要口罩要防护服要这要那，没有一天睡踏实过……"

杨永胜以为做好这些工作就可以了，而事实远非如此。白天做好后勤保障的同时，晚上还要协助一线民警进行卡点执勤、入户走访、信息核查等工作，一天只休息几个小时，连轴转是常态。他说："忙的时候就忘了累，感觉累了就忍忍，和一线的兄弟们比起来我这点苦不算啥。当年干刑警的时候，有时候蹲点几天几夜，也没啥，现在毕竟上点岁数了，血压平时就高，忙得劲大了就觉得晕乎，走路腿发飘。那天，老婆打电话问我啥时候回去，说我该换换衣服了，都臭了吧。我一算，从18号到了局里，一个多月了，我闻了闻，真是有味了，哈哈哈……"

在杨永胜的话语里，时时处处都能感受到他对警队所有兄弟姐妹的殷殷关切之情。在疫情防控期间，群众对防控布控措施大都表现得很支持、很配合，但是也有一小部分群众非但不配合民警的工作，还会有暴力袭警的行为。在杨永胜他们分局的辖区内就发生了这样一起恶性事件。

"3月3日晚间，在西夏区某小区地下停车场，王某某拒不配合小区疫情防控工作人员检查登记，后小区疫情防控工作人员报警。贺兰山西路派出所民警马齐武、李志鹏，辅警高洋出警到达现场后，对疫情防控期间拒不配合工作人员检查登记的王某某进行询问，王某某拒不配合民警工作，态度恶劣，辱骂、推搡出警民警并手提木棒追赶民警，出警民警便合力将其制服。在将王某某带离时，王某某仍奋力反抗，致使出警民警李志鹏左侧额部受伤。"

杨永胜在得知民警受伤的消息后，第一时间请示领导安排慰问，随后他和分局政委任德杰、政治处民警张志明代表局党委到贺兰山西路派出所看望慰问了因公受伤的民警李志鹏。杨永胜说，分局领导去看望受了委屈的民警，代表了组织对他们的重视和关爱，给他拿一点微不足道的水果和慰问金，代表的是全局干警对他的深情厚谊。我们干保障工作的就是要把组织的关心爱护送达每一个干警。他还说，我们也得到了社会各界的关心帮助，有给我们送方便面、牛奶、蔬菜、牛肉的，有给我们送口罩、酒精、消毒液的，有给干警们免费体检的，还有一家保险公司给我们每一名干警送了价值10万元的"新冠险"……我觉得送保险这个好，民警有了保障，自己和家属都安心。后来，我又请示局领导，给所有干警的家属购买了保费25元、保额10万元的"新冠险"。这样一来，前方战士、后方家属上了"双保险"，大家心里都踏实……

日子过得飞快，一转眼杨永胜和他的战友们在疫情一线奋斗了一个多月。这天，一个来警务保障室办事的派出所民警被接待他的女警笑话得不行："你看看你这发型都快成毛野人了……"杨永胜仔细看了看民警也笑了。这些小伙子们平时一周就理一次发，现在忙得顾不上不说，市面上也没有开门的理发店。杨永胜回到办公室就联系了北京西路派出所的谢所长，让他协调一下辖区里的专业理发师给这些小伙子们上门理个发。在杨永胜这里，兄弟们理发这样的小事同样是摆在他心头的"头等大事"。

军无辎重则亡，无粮食则亡，无委积则亡。杨永胜这个"粮草官"在和战友们的共同努力下，共筹集到各类防控装备16类40000余件，各类生活用品11类2200余件，这些防护物资也在他们的雷霆行动中第一时间全部分发到联防联控一线，为前线民警、辅警构筑起了一座座阻击病毒的铜墙铁壁。和杨永胜一样默默无闻奋斗在保障线上为一线干警撑起一片"保护伞"的还有兴庆区公安分局警务保障室主任田建军，平罗县公安局警务保障室女警许萍，银川市公安局警务保障处李丽琴、杨志灵、韩苗苗，等等。这些闪亮的身影只是宁夏万万名警务保障干警的缩影，在这场没有硝烟的战斗中，他们一次次千方百计地采购物资、紧锣密鼓地制定实施一项项应急保障机制、日夜兼程地将一批批物资送往战"疫"一线。他们这群新时代的"粮草官"，为广大公安民警、辅警抗击疫情提供了源源不断的"粮草"，为公安机关打赢疫情防控阻击战提供了最坚实有力的后勤保障，他们是奋战在抗疫一线的全体公安干警最坚硬的盾。

让党旗在疫情防控一线高高飘扬

赵玄骥医师毕业于北京中医药大学，硕士研究生学历，是宁夏回族自治区中医医院暨中医研究院康复中心的主治医师，现任宁夏回族自治区冲击波医学教育与培训专家委员会委员。作为一名年轻的中医大夫，赵玄骥非常热爱本职专业，有着强烈的责任心和事业心。业务上善于学习新理论、新知识、新技能，苦练钻研基本功，在中医专业领域中不断提高业务水平，也不断取得各类荣誉。他先后在2018年"三甲"第二周期评审工作中被医院评为优秀个人，在2019年医师节被医院评为"优秀医师"的同时，荣获2019年度精准扶贫和健康扶贫促进奖。

2020年1月，新冠肺炎疫情防控阻击战打响以来，赵玄骥主动请缨，积极报名支援抗疫一线。当大部分民众因疫情的传染性很强而产生恐慌时，赵玄骥医生运用"互联网＋医疗"的方式，通过微医疗平台，在线义诊回复医疗咨询百余人，积极开展群众心理疏导工作，有效缓解了部分民众的恐慌焦虑情绪。2月14日，赵玄骥被选派支援银川市临时急救医院。他毫不犹豫收拾了简单的行李便奔赴一线。临行前，母亲叮嘱他要做自我防护，爱人悄悄流下了眼泪。2月17日下午5点30分，赵玄骥来到病区，开始了他在这里的第一个夜班。夜班的忙碌与工作强度是他此前没有想到的。刚一接班，他便接到收治5名隔离留观患者的任务。他一一询问着患者的病史，给患者开医嘱、写病历……不知不觉已是晚上9点多了。当他想喝口水的时候，电话铃又响了，总值班通知他，马上又转来5名患者。他的神经一下子又紧绷了起来，放下水杯赶紧投入收治患者的准备中。刺耳的救护车警笛一声紧似一声地响着，患者接踵而至。赵玄骥又开始一一询问病史，开医嘱、写病例……面对不同的患者，赵玄骥不断重复着同样的工作流程，时间也一分一秒地过去，忙完工作看一下时间已是凌晨4点多了，这才感觉到疲惫与口渴猛烈袭来。这个夜班他一个人收治了15个隔离留观患者！单调枯燥的工作培养了他的韧性，使他体会到"逆行者"的责任和担当，同时也影响着他的身边人。

2月21日晚上，赵玄骥接到了转运患者的任务。一位患者高烧40℃持续不退，经专家组讨论，需要将该患者转运到银川市第一人民医院做进一步检查。赵玄骥毫不敢迟疑，快速穿好防护服进入隔离病区。这是他第一次独立转运患者，没有人指导该怎么做，一切只能靠自己，困难远远比他想象的大得多。在黑夜中隔着布满雾气的护目镜，他只能看见前方微弱的灯光，只能缓慢地将患者带上救护车。救护车是负压车，有些颠簸，赵玄骥开始头晕、头痛、恶心，虽然很难受，但他坚持将患者送到银川市第一人民医院，圆满完成了转运任务。

3月8日国际劳动妇女节这天，对赵玄骥来说是一个特殊的日子，是那样的神圣与庄严。这天，他被银川临时急救医院党组织发展为预备党员并在党旗下庄严宣誓，响亮的宣誓声在大厅里回响。当老党员申艳慧同志为他佩戴党徽的那一刻，赵玄骥医生无比感动！他默默念着："每一位党员就是一面旗帜，作为一名预备党员，我一定要继续努力，争取早日打赢这场疫情防控阻击战，让党旗在防控疫情一线高高飘扬！"

离危险越近，离白衣战士就越近

2月15日上午11时许，宁夏日报报业集团突然接到宁夏回族自治区党委宣传部的紧急通知，选派一名记者前往湖北，报道在武汉和襄阳的宁夏支援湖北医疗队医护人员在一线奋战的感人事迹。这是新冠肺炎疫情发生以来，宁夏首次派出记者进入疫区一线开展报道。

集团领导经过反复筛选，认真考虑，决定派时政新闻记者张贺去武汉。

"这次任务非同寻常，希望你慎重考虑。"

刚刚在全区教育系统《空中课堂》开学现场采访结束准备吃午饭的张贺，接到紧急电话迅速赶回报社，满头大汗的他在集团办公室还未坐定，集团领导就将集团的决定告诉了他，并征求他的意见。

其实在这之前，张贺已经在阻击新冠肺炎疫情这场没有硝烟的战场上，和很多同事一样，进入疫情防控一线采访。

在采访手记中，张贺这样写道："'逆行'意味着担当，也隐藏着危险。在这份担当与危险面前，众多记者在做好防护措施的前提下，到最危险的地方去、到最前沿阵地去，与所有'逆行者'一起逆行，全面报道疫情防控，扛起媒体人的职责和担当，为打赢疫情防控阻击战凝聚磅礴力量。连日来，我被一个个采访对象及同事们的一条条新闻报道感动着。那些舍生忘死冲锋在抗击疫情一线的白衣战士、坚守防控岗位有家不能回的公安干警，奔波上百公里只为把口罩捐给医生的志愿者，义务接送医护人员的爱心司机，寒风中坚守在小区门前为路人登记信息的党员干部，本可以宅在家里却毅然奔波在防疫点上的大学生志愿者，都让我心生敬意。"

武汉就是"战场"，战士必须出现在战场。因此，对集团的决定，张贺不假思索，当即对领导说："只要组织信任我，需要我，我就去武汉！"

要说张贺没困难，那是假的。

他的儿子才3岁多，幼儿园因为疫情没有开园，得有人带，妻子也在从事疫情防控宣传工作，经常加班加点，无暇照顾孩子，父亲也在防控一线奔忙。没办法，他只能把哭闹着抱着自己不放的儿子托付给身体不好的母亲。

"在国家遇到危难的时候，人民需要我们新闻工作者付出的时候，我的困难算不了什么。记者，更大的舞台应当是到新闻现场追寻新闻事实。特别是在全国上下阻击疫情的关键时刻，也是考验一名共产党员担当的时候！"

于是，这位年轻却有着11年党龄的记者，安顿好家中的事情，匆匆收拾行李后赶往机场，从接到出征令到出发只用了3个小时。很多好友和同事得知他前往武汉进行新闻报道时，都关切地提醒他一定要注意防护工作。

其实，最担心张贺的是他的父母和妻子。"去了武汉好好干，不过要随时注意做好防护。"父亲得知他要去武汉采访，也只是淡淡地叮嘱他。但年轻的张贺知道，父亲越是话少，其实越是对自己无比牵挂。

"2月15日下午，宁夏第四批援湖北医疗队启程出征。宁夏日报报业集团全媒体时政新闻频道记者张贺随队'逆行'，他在第一时间用 vlog 的形式发来了报道。在湖北期间，张贺将跟随宁夏医疗队采访，随后还将发回救援现场报道！"飞机起飞前，张贺的第一条 vlog 就已经编辑完成并发到报社。

"相同的是使命，不同的是职业。"张贺说。

到达机场，张贺就立刻进入工作状态。面对即将出征的共103人的医疗队，他把自己融入其中，打开采访本和手机，开始采访医疗队员并录制视频。

在飞机上，张贺也抓紧时间采访医护人员。"每一分钟、每一秒钟对自己来讲都非常珍贵，采访的时间越长，稿件就越有内容，受众就越喜欢。"

抵达武汉后，张贺在大巴车上用手机迅速编辑了两篇稿件，当晚10点，这两篇稿件先发布在宁夏日报客户端，第二天《宁夏日报》

就报道了宁夏第四批援鄂医疗队的消息。

"是战士，就要到祖国最需要的地方去。当我踏上武汉天河机场的那一刻，实实在在的力量扑面而来，宁夏援助湖北医疗队、河北援助湖北医疗队、云南援助湖北医疗队、陕西援助湖北医疗队、海南援助湖北医疗队……一支支队伍从四面八方会聚而来；一面面旗帜迎风招展；一声声'武汉加油，我们来了'的呐喊声响彻云霄。这一刻，在与病魔的较量中，中国力量被一次次见证，在武汉的上空，一道道纵横交错的航迹让我看到了不断汇聚并且奔向希望的力量。因为有希望，我们有理由期待胜利的到来。

"隔日，雪后初晴。医疗队员们整装待发，一个个精神饱满，准备与病魔坚定地角力。我相信，乌云不会长久地遮挡太阳，终有一日，我们必定战胜病魔，阳光终将普照江汉平原的每一寸土地！"

到达武汉的第一天，张贺这位年轻的记者认识到：离危险越近，离新闻事实越真。

他至今记得那天抵达武汉的情景："2月15日晚9时许，我们抵达武汉。进入市区，商店关门，街上没有车，也没有行人。车上同行的医护人员沉默不语。"

"不到武汉，支援力量的数字仅是一个概念。抵达驻地光谷·长江青年城后，运送各路支援力量的大巴车一眼望不到头，排队2个小时10多分钟才能等到一趟电梯，走进房间安顿下来已是深夜。"张贺在工作日记中写道。

对张贺而言，真正的考验开始了。

张贺告诉我，抵达武汉的第一周，他面对的是：水土不服、网络不通、生活不便。

在抗疫一线，这位年轻的记者要适应医护人员救助的快节奏，要赶上报社后方的抢时效发稿的速度，这对他不啻是一个巨大的挑战。

适应！适应！冲锋！冲锋！

张贺的倔劲上来了！

冒着被感染的风险，张贺穿梭在宁夏支援武汉医疗队驻地和方舱医院采访。

为报纸提供纸质稿件，还要为客户端、网站提供新媒体产品，既要当记录者，还要当主持人。

他要克服纸媒记者的镜头恐慌，强迫自己面对镜头，连续录制vlog……

抑制不住的奔涌情感在他的笔下汩汩而出，在今天读起来仍然让我们泪流满面，敬意油然而生："在方舱医院内部，每名白衣战士平均照料四五十位患者，抚慰情绪、配药送饭，劳动量巨大，但没人叫苦喊累，他们将之视为自己应尽的义务。但在这身白色装备里，和你我一样，也是父母、子女、夫妻、朋友，有自己的生活和兴趣爱好。为了打赢这场疫情阻击战，他们勇挑重担，有的人甚至付出了生命。请记住这些默默无闻而又为我们负重前行的白衣战士。我不知道你的名字，但我向你致以最高的敬意！"

在武汉这座英雄的城市，张贺作为一名记者，在30多天的日日夜夜，真实记录了宁夏医疗队与武汉人民守望相助、同舟共济的感人画面。

《首班4名队员进入方舱医院工作》《现场直击进入方舱医院的

"白衣战士"》《这些宁夏"95后"冲锋在湖北战"疫"一线》《我们对患者用心，患者对我们用情！》《这些印痕，感动又心疼！》《五壮士"入舱"的8小时》……

在湖北期间，张贺在报纸、客户端共发布文字、图片、视频、连线等120余条稿件，真实反映了宁夏白衣天使的内心世界和职业坚守。人民日报客户端、新华网、光明日报客户端等中央媒体相继转载他的新闻作品，评论热度持续升温，收获了良好的社会效应，为宁夏的受众带去了抗疫一线鲜活生动和传播形式多样的新闻，宁夏几批医疗队在武汉救助患者的故事被广泛传播，正能量满满！

那个"宁夏"，你进来

如果不是这次医疗援助，刘艳红恐怕这辈子都不会想到能来老河口这个地方。1月29日，刘艳红和其他9名队员被派往老河口，对她来说，老河口还是一个完全陌生的地名。在从襄阳到老河口的路上，刘艳红在手机上搜了搜，才算有了一点概念

2020年1月30日，在队长宁夏医科大学附属医院李秀忠大夫的带领下，刘艳红同队友们协同当地医院，将新冠肺炎确诊患者及疑似患者转至临时改建的李楼卫生院，并进入病区工作。

"李楼卫生院，相当于老河口的'雷神山''火神山'，位于郊外。"

刘艳红负责一楼隔离区病房，这里都是疑似患者。第一天进入隔离区，刘艳红就强烈地感觉到病房的气氛特别沉闷压抑。年轻人

都躺在床上玩手机，年纪大的、六七十岁的不会玩智能手机的老人，则躺在床上一动不动，也不爱和人交流，你问他一句，他可能半天才回答你一句。

因多年工作于呼吸重症科，刘艳红知道呼吸康复的重要性。特别是卧床时间太长，更容易导致患者康复困难。从进入病区的第一天起，医护人员的手机都是不让带进病房的。一是防止手机携带病毒，成为传染源；二是为了保证医护人员全身心投入病区的工作。刘艳红回到住处，先是在老河口护理群里呼吁其他护理人员注意患者的心理和情绪，及时开展呼吸康复，顺便又加了37床年轻患者的微信。在病区时，这个当地28岁的小伙子就要了刘艳红的微信。

第二天进病房，刘艳红带了一些方便面。好多患者住院，家人不能在身边，患者的生活用品短缺，生活有诸多不便。不管是牛奶还是方便面，刘艳红和队友们每天都会力所能及地带些东西进病房。所带的这些东西，都是前线指挥部给医护人员的生活物资，大家省一省、匀一匀，就成了病友们的补给。刘艳红把带进来的方便面送给患者，这一瞬间被37床给拍了下来。

刘艳红下班回到住处，洗了澡后休息时，在手机上看到了这张无意间被拍下的照片。当时刘艳红心里一热，没想到自己的举手之劳，患者竟这么在意。她很受触动，仿佛受到了一种无形的鼓励。就这样，刘艳红决定建个群，把隔离区的患者拉进群里，协助他们共同康复。这一天，刘艳红清楚地记得，是2月3日。

就这样，刘艳红成为60多个患者的群主。从这天起，她每天都要在群里发呼吸康复方面的知识，包括心理方面的。那些年龄大的，没有手机的，刘艳红就在病房里给他们做示范，教他们做康复。

持续了几天后，刘艳红就发现再进入病房时看到的不再是一片死气沉沉，不仅能跟他们聊聊天了，也能在群里聊点话题了。康复群不只引导大家做康复训练，无意中也给大家提供了一个可以相互倾诉、聊天的空间。

不久，有些患者会在群里请刘艳红帮着带洗发水之类的生活用品。起初让帮忙的人少，刘艳红和队友们从银川来的时候也带了些生活用品，就顺便把富余的给他们带进病房。后来让帮忙带生活用品的人越来越多，也就在康复群建起的第三天，刘艳红又为病友们建起了购物群。

群建好了，到哪儿去买这些生活用品呢？驻地和医院附近的商店和超市都关了门，想买都没地方买。可是有些患者的家人来不了，生活上遇到了困难，生活物资得不到保障，他们怎么能安心接受治疗？必须帮他们把生活保障好，他们的心情才能放松下来，才可能尽快康复。刘艳红就想从外面找个超市老板，让老板送货，刘艳红和护士姐妹们帮忙发放。可自己和队友们毕竟是外地人，不熟悉老河口这个地方，刘艳红就找当地医院的护士长，请护士长帮忙找个供货的老板。护士长打问了一圈，回话说，现在没人敢接这个活儿，都怕传染。

这可怎么办？

2月5日中午，下了早班，刘艳红坐在回驻地的专车上，留意着路过的每一个超市门牌，发现一个门牌上印着老板的电话，刘艳红就记了下来。回到驻地，刘艳红抱着一线希望，打了超市门牌上的电话。电话一通，刘艳红先介绍自己，希望老板把这个事情接下来。老板姓施，当时一听就说不行。

刘艳红说："现在是特殊时期，在这些人最困难的时候，你给他们一丁点的帮助，他们会记你一辈子，感恩你一辈子。"她又说，"你再考虑考虑，待会儿我再打给你。"十来分钟之后，刘艳红又给施老板打电话，这时候施老板说："行吧，你这一单我接了。"放下电话，老板就加了刘艳红微信，刘艳红把老板拉到了患者购物群里。

老板说，得有一个人统计，把每天需要的物品种类和数字统一交给他。刘艳红刚说完，群里的37床说："刘姐姐一天太忙了，我来统计。"

购物群刚建时，患者多，施老板每天都配送。后来随着患者陆续出院，患者渐渐少了，一周配送两次就能保证患者的物资需求。

2月14日，在往年，这是商家鼓噪市民衷情消费的情人节，然而2020年的这一天，对于所有的医护人员来说，这只是和疫情战斗的一天，而对于援助老河口疫情一线的刘艳红来说，却是一个令她难忘的夜晚。

这天晚上，刘艳红上晚班。在老河口医院，护理人员的晚班值班时间是从下午4点到晚上8点。刘艳红像以往一样，提前一个小时到了医院。

所有的准备工作做好后，刘艳红进入病区，很快就完成了工作交接。接班时，并没有发现住在隔离病区16病房的56床患者有何异样。56床是当天凌晨收进来的是一名女患者。刘艳红进病区后，像往常一样，主动跟新收治的56床患者打招呼。她对新收治的56床患者的第一印象是觉得这个患者目光有点凶，以为56床患者是一个脾气暴躁的人。

刘艳红要给56床患者测体温时，56床患者说"你给我找国际标准的去。"刘艳红心里咯噔一下，意识到56床患者可能精神有些不对劲。刘艳红不露声色地说："医院用的都是国际标准，这个你放心。你要不想测，待会儿再给你测。"

说罢，刘艳红就给别的患者测体温去了。十分钟后，刘艳红再次返回。刚走到病房门口，就见56床患者站在靠窗边的床侧，双手使劲砸着窗玻璃。

刘艳红的第一反应是怕56床患者砸破玻璃跳楼，心想千万不能发生这种事情。虽说窗户上有防护栏，但毕竟是老楼，还是不安全，一旦砸烂了玻璃，不仅会伤到56床患者自己，也会伤到别人。刘艳红立马用随身带着的对讲机呼叫二楼的值班医生。搬完救兵，刘艳红就在门口安慰56床患者说："你不要着急，先坐下来，有什么事情慢慢说。"不知道是不是因为刘艳红的外地口音让56床患者觉得陌生，直到在二楼值班的本地医生赶来，56床患者才安静了下来，坐在了床边。当地医生安抚了几句，看56床患者平静了，便又上楼忙自己的工作去了。

刘艳红拿了血压计准备给患者量血压时，56床患者又发作了，又蹦又跳地砸玻璃，几个身体强壮的患者协助刘艳红把56床患者抱住，按在了床上。

考虑到老河口医院是一个县级二甲医院，没有精神科方面的医生和专家，刘艳红赶紧远程向银川市第一人民医院精神心理科周保主任求助。周主任一听患者情况，立马对症下药，同时给予约束，进行心理安慰。

56床患者总算安静了。

起初刘艳红还以为56床患者是见了陌生人、听到陌生口音感到紧张害怕，心想56床患者看到自己的家人可能情绪会舒缓一些，刘艳红就把她老公喊了过来。哪想到56床患者老公也特别害怕，反而让56床的情绪和言语更激烈了。没办法，刘艳红只好让56床的老公暂时回避了。

一开始，56床患者对谁都是有敌意的，觉得谁都在害她。

"你别害怕，我现在可以跟你交朋友。"刘艳红看56床患者不吭声，又说，"你是不是过度担心你这个病了？病毒不可怕，是可以治愈的。你不要过于担心。"

56床患者突然"哇"的一声哭了出来。

56床患者是当地一所中学的英语老师，硕士研究生学历，38岁，儿子10岁。"我在手机上看到每天的确诊数据，特别是连日来湖北的确诊数据和死亡数据，我特别害怕和焦虑，呜……我有一个在武汉的大学同学，家人因感染新冠肺炎而死，我就更加担心，呜……早在半个月前，我发现孩子咳嗽发烧，当时到医院检查，情况比较轻，医生就让在家隔离。回到家，我是千小心万小心的，口罩啥的都戴着，让孩子单独待在一个房间。呜呜……结果，孩子还没好，我们夫妻俩也感染了。呜呜……就在我住院的前一天，小孩和老公都住进了医院。我就想着自己付出这么多，全家人仍然被感染了，越想越想不开。呜……"56床患者边说边哭。

刘艳红陪着她一起掉眼泪，说："不要紧，你就安心配合治疗。从现在起，有什么需求给我说。"

这以后，如果其他人往56床患者身边一走，56床患者就会立即变得紧张，而如果是刘艳红，56床患者就比较正常平和。

虽说刘艳红的父亲是宁安医院的职工，她从小在医院大院长大，但并没有接触过精神异常的患者，对他们并不熟悉。所以，一开始刘艳红心里也是很忐忑的，但一想起周保主任说的你要想把患者拉回来，首先要自己树立起信心时，刘艳红就会心安许多。

从这天起，刘艳红每天都会给周保主任打电话，每天都在周主任的指导下对56床患者用药，按照周主任的提醒进行安抚。有时候还连线周主任直接给56床患者做心理疏导和安慰。周主任在电话里指导刘艳红怎么给56床患者做疏导，并告诉刘艳红不要害怕，将特殊患者当作正常患者去交流沟通。

就这样，针对56床患者的病情，刘艳红与周主任的交流持续了一周。

每次交班时，换了别的护士，刘艳红都会专门给56床患者说："这是护士××，你要相信她，不要害怕。我们护士不是管你一个人，要管一层楼的人，你要听话，明天我上班，会准时来看你的。"

起初56床患者不吃不喝，刘艳红就把饭拿来，搂着56床患者对她说："你要吃饭呢，每天要吃好睡好、心情好，才能打败病毒，不吃饭怎么能战胜病毒呢？"看56床患者还是不吃饭，刘艳红就把带来的牛奶拿给她喝。56床患者边喝边流泪。

刘艳红说："你别哭了，饭菜如果不合口，我给食堂去说，你想吃什么，我从住处的食堂给你带进来。"其他护士姐妹也开始给56床患者送吃的，慢慢，56床患者平静了下来。

就这样，刘艳红每天会带进去一些吃的给56床患者，比如牛奶、水果等。一次，刘艳红给56床患者洗脚时，发现她只有一双袜子，穿得很旧了，脚后跟都已经磨得很薄了。第二天刘艳红就给56床患者带了一双自己的新袜子。

由于56床患者前期出现过躁狂状态，为了防止出现意外，一开始对56床患者都是用约束带进行约束的。每天交接班，刘艳红会格外关注56床患者约束带的松紧，因为紧了末梢神经循环不好，松了56床患者又会挣开。

最初的几天把56床患者约束在床的时候，护士们要为56床穿纸尿裤，接大小便，梳头、洗脚。在病区，这样的基础生活护理主要是针对老年人，很少有年轻人不能自理的。56床患者是一个比较壮实的青年妇女，体重在150斤左右，那几天又恰好是56床患者的生理期，每次换纸尿裤，年龄小的护理姐妹总觉得有点别扭。刘艳红毕竟比她们年长，工作经验也多一些，就劝解大家说，现在她正处在特殊时期，拉她一把，她才会好得更快。

56床患者一有事就喊刘艳红："那个宁夏，你进来。"可能是因为大家都穿着防护服，戴着口罩和护目镜，患者认不清谁是谁，只注意了防护服上"宁夏"两个字。

患者被约束在床的第三天，刘艳红进病房，56床患者突然喊了一声刘艳红的名字，说："我有个小小的请求，我不想被绑在床上。"

刘艳红说："你不想被绑在床上了，那我俩要约法三章，第一你必须要听我的；第二在你内心不接受自己、感觉烦躁时，你就告诉我，我再帮你约束上。"

刘艳红给56床患者解开了约束带，然后帮56床患者按摩。按摩完了，刘艳红说："这下舒服了吧？还是松开舒服。那你就要听我的话，好好配合治疗，没几天你就能跟老公儿子出院了。你要相信你自己。"

解除约束带后，因为镇静剂会产生一定的后遗症，导致肌肉震颤，56床患者的手抖得厉害，一吃饭撒得到处都是，刘艳红和当班的护士们又轮流给56床患者喂了几天饭。

2月19日，56床患者住进病区的第6天，刘艳红上中班。12点时刘艳红刚一进去，56床患者就说："今天的饭是我自己吃的。"刘艳红说："好样的，你这样好好吃饭，很快就能打败病毒，要不了多长时间就能出院了。"

2月28日，56床患者治愈出院。56床患者出院后，刘艳红仍时不时在微信里问候56床患者，跟她聊聊天，督促她每天做康复操。

3月10日，56床患者发给刘艳红发来微信说："隔离期就快结束了，我就要回家了。"又说，"你这双袜子，我要珍藏一辈子。"

他们，冲向没有硝烟的"战场"

2020年春节前夕，宁夏日报报业集团、宁夏互联网新闻中心记者祁瀛涛和同事深入宁夏隆德县神林乡杨野河村，采访完脱贫户张志国春节前置办年货的过程，切身感受了脱贫户在浓浓的年味里的喜悦之情。这篇与同事采写的新闻《"网络述年"跟着脱贫户张志国办年货》在网上受到广泛好评。

正在和同事忙着新春走基层采访报道的祁瀛涛，凭着记者的敏感，时刻关注着疫情防控方面的资讯。

2020年1月22日，宁夏成立了自治区应对新型冠状病毒感染的肺炎疫情防控工作领导小组，宁夏日报社记者尚陵彬报道领导小组第一次会议之日起，宁夏日报报业集团指挥中心刘建华主任就迅速组建了"宁报集团全网发布群"，要求尚陵彬蹲守自治区卫生健康委，第一时间发布疫情官方动态。

1月21日起，《宁夏日报》、宁夏日报客户端、宁夏新闻网、《新消息报》《宁夏法治报》等多个发布端口的值班人员就开启了连续上班模式，提前谋划各项工作。

"疫情之下，必须'逆行'而上，才能了解真实，解除大众恐慌。"1月23日，宁夏交通广播记者、主持人张喆主动请缨，全身心投入到这场没有硝烟的战"疫"宣传报道一线。凭着20多年新闻工作的职业敏感和一贯认真的拼命劲儿，她在频道部署下迅速组建了"疫情报道小组"。

1月23日，张喆通过网络直播自治区卫生健康委召开的第一场宁夏新型冠状病毒感染的肺炎疫情新闻通气会。其中，《宁夏一例新型冠状病毒感染肺炎病患详情》浏览量达到9.4万人次，为打好疫情阻击宣传战开了个好头。

当天中午，人民日报社宁夏分社记者刘峰接到分社"电话调遣令"时，正在西吉县新营乡进行新春走基层蹲点现场采访。"为向全国人民传递出宁夏打赢这场疫情阻击战的信心和决心，分社成立了防控疫情一线报道组，取消所有采编人员春节休假。"刘峰说。

1月24日，大年三十这天，自治区党委召开视频调度会，自治区党委书记陈润儿要求疫情防控工作做到"四个决不""五个凡是"。

早晨7点，祁瀛涛赶到他曾经采访、报道过的为救助重病的哥哥在街头摆摊的女大学生石海霞家中，与她一起冒着寒冷在银川湖滨街早市卖货，感受这名坚强女孩的奋斗艰辛，当天刊发图文作品

《"网络述年"大年三十,市场上依然能看到石海霞忙碌的身影》。

1月25日,宁夏日报报业集团党委书记、社长、总编辑周庆华到岗值班,指挥部署疫情防控和宣传报道工作。

当天,刘峰赶回银川,参加人民日报社宁夏分社召开的疫情防控一线报道组会议。此时,人民日报客户端宁夏频道尚未正式上线,处在试运行期。

"分社领导要求我在攻坚克难中组建和锻炼队伍,既要当记者写好稿,又要做主编。"刘峰说。不久,人民日报客户端、电子阅报栏等新媒体平台先后推出了《疫情速报》《防疫快讯》《党旗高高飘扬》《万众一心阻击疫情》《稳经济抓发展》《聚焦复工复产》《坚决打赢脱贫攻坚战》等15个原创栏目,创新全媒体报道,讲好战"疫"中的中国故事、宁夏故事。

就在这一天,祁瀛涛和新消息报社记者季正来到银川公交公司,采访依旧坚守工作岗位的何峰与刘国红夫妻,用手中的相机记录特殊时期普通人的工作,当天发表图文作品《"网络述年"大年初一,银川公交司机夫妻何峰、刘国红40分钟的相见》,被多家媒体转载。

此时的公交公司,已经开始了紧张的疫情防控工作。银川公交车司机何峰与刘国红夫妻,是38路公交车的夫妻档驾驶员,丈夫负责早班,妻子负责下午班。在春节放假期间,他们有4天每天只有40分钟的相见时间。

新闻里,祁瀛涛写道:"当天12时20分,司机何峰驾驶的38路公交车缓缓驶入银川市公共交通公司公交三分公司南郊车场。而此时,他的爱人刘国红正戴着口罩拿着消毒喷壶和抹布站在路边等待。由于当前正是新型冠状病毒感染的肺炎疫情期间，所以公交公司加强了对车辆的消毒工作。车停稳后，夫妻两人就开始忙着对车辆内部进行消毒保洁工作。"

车辆消毒保洁工作完成后，夫妻两人走进休息室，刘国红拿出家里带来的饺子让丈夫吃，而她则坐在旁边看着丈夫吃。吃完饺子后收拾停当，丈夫何峰跟随妻子来到车辆的驾驶室内进行了叮嘱，看着妻子戴上防护口罩后才下了车。

13时，何峰告别妻子回家休息，刘国红则开着公交车开始运营。对于这样的生活，何峰说："我跑早班，早晨7点多就到车场，到中午与妻子交班。今年除夕到初六我俩有4天在岗位上，能在这个特殊时期服务乘客，我们感到很幸福。"

而此时，宁夏日报社记者尚陵彬的心中却充满焦灼，从1月22日至25日，她不断与相关部门沟通，希望能到一线采访。发布自治区疫情防控新闻，报道有严格规范要求，为保证战"疫"报道不出差池，1月26日，宁夏日报报业集团安排专人对全体员工的身体状况提前进行了排查，随后按照"三个全面"要求，细化完善了排查工作，对重点人群和密切接触者实行分级分类管理，切实消除安全风险。

喜讯也在1月26日传来。经自治区卫生健康委和自治区第四人民医院同意，尚陵彬和同事钱建忠来到自治区第四人民医院，探访白衣战士在一线抗击疫情的情况随后发出独家报道《宁夏日报记者深入疫情救治一线：这里的"战场"没有硝烟》。1月28日，宁夏首批援湖北医疗队出征，在与客户端的积极沟通策划下，尚陵彬和同事钱建忠、马楠配合，分两个小组同时出击，对宁夏援助湖北医疗队出征的消息进行及时采写、报道。

此后，宁夏6批医疗队出征，尚陵彬几乎全程参与。为了抢抓新闻时效，在医疗队出征之际，尚陵彬在银川河东机场边采访边拍照边发稿，抢占了《宁夏日报》、宁夏日报客户端作为宁夏主流媒体新闻第一落脚点。在医疗队到达湖北武汉、襄阳等地开展工作后，抓住医疗队队员轮班休息的时间，尚陵彬连夜连线襄阳、武汉采访，刊发了《你短发的样子真美！宁夏援鄂医疗队女队员剪发上前线》《宁夏日报记者电话连线宁夏援鄂医疗队队员：你们在前线还好吗》等新媒体独家报道，被中央媒体转载，引起大众广泛关注，阅读量超过30万。

我要是往后退，那让谁上

常海强是宁夏第一批援助湖北医疗队队员中年龄最长的队员。

2020年1月31日，常海强和队员们接管了收治重症患者的襄阳中心医院东津病区发热病区一病区、二病区。

和当地医护人员交接时，常海强就发现了问题。当地医护人员主要负责夜班的治疗和看护，援助医疗小组人员负责白天的治疗和护理。早上交接班后，进病区查房时常海强发现，夜班医生医嘱中所记录的患者的一些重要生命体征，和白班医生的医嘱记录出入较大，甚至有些存在严重误差，这是非常不利于对患者进行及时治疗的。常海强当即就跟当地医院商量，改进了交接班的流程："一是要医生随时关注病房里的每一个患者，二是要求白班夜班必须在患者病床前交接班。"

　　抵达襄阳市中心医院后，因身临其境，常海强才意识到疫情的严重程度远远超出了他的预期。"襄阳中心医院是当地最大、实力最强的医院。当时的情况是，当地医院的呼吸、急诊、重症等相关科室的骨干医生都下设到了襄阳各县市，襄阳中心医院又基本上收治了当地最危重的患者。我们一去，当地医院的一位负责人就对我说，您要帮我们挑大梁啊！"一听这话，常海强顿时心理压力非常大。

　　2月1日9时，常海强带着医护人员进入隔离病区查房。在一病区，有一个29岁的年轻患者，小伙子看上去身体挺结实，生命体征平稳，血氧饱和度在90%以上。前一天的CT片显示，患者只有一侧肺有毛玻璃影，可就在查房两个小时后，患者突然说不舒服，向护士要便盆，说是想大便，但是感觉已经无力下床。这引起了常海强的警觉：若不是身体原因，一个大小伙子怎么会想在床上解大便。常海强立即让护士测血氧饱和度，发现血氧饱和度居然掉到了70%！"是不是测错了？"再继续测，血氧饱和度仍在往下掉。常海强的神经紧绷了起来。"拿氧气面罩，快。"常海强调高参数，推至经鼻高流量吸氧，依然没用。常海强有些慌，检查设备，氧气管托和氧气回路都没有问题。

　　情急之下，常海强果断上了无创呼吸机。经过他和队友一番紧张有序的操作，接上无创呼吸机后，患者的血氧饱和度才止降回升，恢复到90%以上。情况稳定后，常海强立即为患者安排做CT。

　　没想到，此时患者的CT显示肺部感染总面积超过90%，几乎成了白肺。常海强惊出了一身冷汗，这时才意识到，病毒的传播速度超出了自己的经验范围。

这一天，他在病区待了8个半小时。

此后的一周，每天在病区工作7至8个小时，成了常海强的常态。"早晨6点起床，吃点喝点，8点进病区后，不吃不喝一直要持续到下午三四点。这样既是为了随时发现问题，也是为了节约防护服。"

正因为这次有惊无险的经验，常海强要求队员们和襄阳的同行们的交接班必须要在患者的床头进行，一个一个仔细交接，不能错漏患者病情变化的任何一个细节。

也正因为这次救治过程，令常海强和队友们积累了宝贵的救治经验。后来二十多天的救治过程中，他带着队友，5次及时发现病危患者病情变化并及时处理，挽救了患者生命。

从宁夏出发时，常海强是带着矛盾的心情走的。常海强是呼吸科的主任，又是宁夏呼吸重症专业的主委，疫情面前，驰援湖北，责无旁贷。但他也知道，自己已然不年轻了，相对来说年龄大的人感染新冠病毒的风险更高。再加上父母都是八九十岁的老人，说不担心老人是假的。"可我要是往后退，那让谁上？"常海强稍做考虑，还是报了名。

常海强认为工作中的难都不是最难的，因为凭着自己多年在临床一线的经验，总能发现问题，也总有办法解决问题。最难的是自始至终都有的那份压力——要带好队友，保证每一个人的安全。到襄阳没两天，队友们就给常海强起了个新名字，叫常妈。作为队长，常海强不仅要带领队员们做好救治工作，还要想方设法照顾好队里每个队员。他带领的15个队员里有3个是没有结婚的90后，都是跟自己女儿年龄差不多大的孩子。在病区，他时刻提醒大家做好防护，不能有任何闪失；回到驻地，不管是吃、住、休息，还是各种物资的协调，常海强都要想到。只有保证全体队员们的身心健康，才能打好这场硬仗。

2020年2月22日，在襄阳中心医院援助了24天后，常海强带着队员们"转战"到了襄州，与宁夏医科大学附属医院援助医疗队会合后，继续坚守在抗疫一线。

对自己在襄阳疫情一线的52天生活，常海强这样总结道：

憋——

憋气。因为一进病区必须全副武装，层层防护，就觉得气上不来，缺氧。

憋尿。七八个小时在病区，穿不惯纸尿裤的常海强只能憋着。从病区出来，还不能着急，因为脱防护服比穿还重要，要细心脱、慢慢脱，一个步骤都不能少，快不了。脱完，一溜小跑奔向厕所。

疼——

护目镜压得眼眶疼。在近视眼镜、护目镜和防护面屏的层层压迫下，眼眶疼痛难受。

除了眼眶疼，汗水时常把眼睛蜇得生疼，又不能去擦，只能甩甩头，让汗水流到耳朵里、嘴巴里。

三四层手套，勒得手胀痛。

防护服一捂就一身汗水，蜇得后背疼……

所有的疼都必须忍，也只能忍着。

所有的疼都是值得的，所有的付出都是应该的。

3月20日，常海强和队友们离开那天，从驻地到高速公路入口20分钟的路程，大巴车走了近一个多小时。一路上，平时充当司机的志愿者们，这时候骑着摩托车，一路追着大巴车，为常海强和他的队友们送行。一路上人们拱手、鞠躬、夹道欢送，不断地有人拦下车辆，和他们告别。

看着恢复活力的街道、流动的人群和车辆，再回想初到襄阳那清冷空寂的街景，这一刻，常海强眼中满含泪水，心里更加坚定，在襄阳的52天，苦没白吃、风险没白冒。

妈妈去湖北打怪兽了

2020年的春节来临之际,李正隆和妻子王艳刚刚团聚不到一个月时光。王艳是自治区人民医院呼吸科的主治医师。2019年6月,女儿一岁半的时候,王艳去上海进修,12月底才回来,李正隆既当爹又当妈,过了近半年,其中艰辛不言而喻。就在夫妻俩还沉浸在刚刚团圆的小甜蜜中时,新冠肺炎疫情让李正隆这个消防兵出身、骨子里都刻着"应急"二字的人辗转反侧,凭着职业敏感,他嗅到了公安厅大楼里弥漫着的紧张气息。

李正隆开始密切关注新冠肺炎疫情防治工作的进展。

消防兵出身的李正隆应急反应能力明显快于普通人,他把国家层面、区党委层面、公安厅层面有关疫情防控的重要信息一一记录在册。妻子王艳所在医院也早在1月20日就开始布置疫情防控工作，作为呼吸科主治医师的妻子一直在单位忙碌，很少回家。事实上在疫情没有爆发的时候，因为近年来呼吸道感染的患者急剧增加，王艳他们科室也都是连轴转，几乎没有休假，从上海进修回来后，她也常常是四五天一个大夜班，忙个不停。

李正隆在公安厅制证中心工作，疫情发生后，李正隆一天也没有休息，一直在协助其他部门开展工作。1月26日上午，李正隆在单位执勤，妻子给他发来信息说，医院要选派援助湖北的应急人员。李正隆没有一丝犹豫，给妻子回复了短短一行力如千钧的字："我永远是你的坚强后盾。"没有任何意外，王艳作为医院呼吸科骨干力量，被选入宁夏第一批援湖北医疗队。

2020年1月27日下午，医院为第一批"逆行"的勇士举行了简短的出征仪式。李正隆看着和妻子一样普通的医疗队队员举起右拳宣誓的样子，他在朋友圈深情地写道："送婆姨上前线，众志成城抗击疫情，致敬最美'逆行者'，愿平安归来！"一瞬间，这条消息刷了屏，李正隆收到了在朋友圈来自亲朋好友、同事和领导发来的问候和关心的信息。那一刻，李正隆被来自"圈里圈外"的温暖包围着，情深则任重，他的肩头也变得沉甸甸的。

第二天一早，李正隆送妻子踏上征程，看着妻子单薄的背影，他很想能替她出征，但是专业的事只能由专业的人去做。车队缓缓驶出医院的大门时，李正隆给妻子发了一条长长的信息："亲爱的，即使万般不舍，还得送你踏上征程。你我均不善言辞，多少次，我只能默默转身，偷偷哽咽。明知山有虎，偏向虎山行。你是我们的勇士，切记，一定要保护好自己，才能发挥更大的作用。我们永远是你坚强的后盾。切记，一切按章办事，按规定操作，戒急戒躁，等你平安回来！"李正隆对妻子字字深情，可这情又是那么理智坚韧，从这一刻起，李正隆真正成了妻子的"大后方"和"军师"，他的应急专业知识支撑着妻子在前线奋战，这一别就是两个多月。

1月29日凌晨，王艳平安到达襄阳，告诉李正隆自己要支援保康县。李正隆心里咯噔了一下，因为越到基层，不规范的操作可能越多，他叮嘱妻子一定要注意防护，专业上务必坚持原则。一旦进入角色，王艳就忙得昏天黑地，李正隆总是默默等待妻子联系自己，很少去打扰她，让她分心。单位考虑到李正隆的特殊情况，暂时给他安排的只是轮值工作。李正隆这个闲不下来的人，当晚在朋友圈里看到一条信息，有位退伍老兵倡议有能力的志愿者组织车队，义务接送因公交停运，上下班不方便的医护人员。李正隆一边报名参加，一边给自治区卫生健康委等相关单位汇报了此事。就这样，李正隆一边完成单位的任务，一边抽时间帮助车队做志愿者。因为孩子太小，刚刚两岁，家里又有老人，李正隆不敢告诉他们自己出去忙什么，好在家里老人也很支持他，并不多问什么，只是不停地叮嘱他做好防护。

一天下午，有位解放军942医院的医生要去上班，向车队请求协助，李正隆接了任务就开车去了。到了约定地点，李正隆看着向他走来的女医生走路姿势不对，步履蹒跚，一上车便闭上眼睛长长地出了一口气，靠在了后座上。李正隆心里一紧，问她怎么了。她说，没事，老毛病。她请求李正隆路过药店帮她买一下药，可是一路上都没有买到她需要的药品，李正隆只能狠踩油门赶快送她去医院。李正隆紧接着又给医院的值班室打了电话，提醒医院照顾一下这位女医生。很快，医院值班室给李正隆回了电话，原来她是阑尾炎发作，没有大碍，李正隆心里的石头才落了地。这名女医生让他更加牵挂远方的妻子，也让他对医护人员更加充满敬意。

到保康县的第二天晚上，王艳给他发来一张图片：是扎着的一束头发。李正隆知道为了便于穿防护服，王艳也像其他医护人员一样剪去了心爱的长发。这样也好，防护可以更到位一些，和生命比起来，头发何其轻！李正隆每天晚上哄女儿睡觉的时候，女儿都会问他，妈妈呢？李正隆每次都哄女儿说，妈妈去湖北的医院打怪兽了。之后只要王艳打来电话，女儿都会问她："妈妈，怪兽打完了吗？"

随着疫情防控工作的推进，公安厅上上下下全面进入"战时状态"，厅里第一时间成立了由自治区副主席、公安厅党委书记、厅长杨东同志任组长的全区公安机关疫情防控工作领导小组，并迅速开展动员部署，制订下发了全区公安机关疫情防控工作方案。做好疫情防控工作，基础摸排、核查管控是关键，为此，全区上下开展了地毯式全覆盖大排查活动。摸排过程中，很多人有身份证遗失、过期等情况，疫情防控期间，没有身份证寸步难行。而补办身份证时，当地派出所只负责受理工作，所有的制证工作都由李正隆所在的制证中心完成，再统一下发。由于公安厅制证中心制证机房是全封闭空间，为了防止交叉感染，同时满足疫情防控期间百姓的需求，在中心党支部的统一领导下，李正隆协助中心领导做好值班工作的同时，将制证中心18名工作人员分成6组，采取流水线作业的方式，即相互不见面不接触，每个同志完成任务后迅速离开，李正隆协助值班员做好消毒工作，以便下一名同志安全上岗。自2月3日以来，制证中心共完成技术制证54945张，并用邮政快递的方式及时寄到群众手中，尽最大可能为广大群众的生活提供支持与方便。

王艳进入工作状态后，一直都很忙，只能尽可能在女儿睡觉前抽空通过视频看一眼女儿，和李正隆说说话。王艳在工作中发现了一些问题、有一些想法，但不知道该不该提时，李正隆就会鼓励她"只要有利于工作，能早日凯旋就大胆地提"，于是王艳写下了《当前形势下战"疫"诊疗工作的几点思考》并及时上报了前线指挥部，得到了指挥部的重视和同志们的认可，为抗疫工作的顺利开展贡献了自己的力量。

2月初，李正隆的同事想制作一部以最美"逆行者"为主题，医护人员和公安民警坚守岗位、无私奉献为主要内容的MV，需要医护人员生活相关的图片、素材等材料，请求李正隆的帮助。李正隆说："从这一天起，我又开始了医务工作者的编外宣传员之路。"其实，从王艳出征湖北的那一天起，很少发朋友圈的李正隆，每天都会发很多条关于抗击疫情的消息，就像他对王艳说的："每一个九宫格照片，都是我对你的爱和支持。"

在搜集素材的过程中，李正隆发现除了在一线作战的战士需要爱和关心，在后方守候的家属更需要爱和关心，他们一方面担心自己的亲人，另一方面由于对疫情不了解，内心也很恐慌无助。李正隆于是又加入了公益团队，一边给抗疫前线输送物资，一边负责联系给第一批支援湖北的137名医护人员家属送温暖。李正隆一家一家挨个打电话联系说明来意。他印象最深的是，有一位队员的老母亲，接了电话先哭了半个小时，李正隆任她好好地哭了一场。等她平静些了，他告诉这位老母亲，自己的妻子也去了武汉，让她不要过分担心，他耐心地给她讲了国家、各级领导对这次疫情的重视，讲了王艳她们现在的情况并告诉她一切都在好转，等等。在他近两个小时的开导下，这位老母亲终于在笑声里和他说了再见。此后，李正隆会时不时打电话问候一下老人家。他说："队员家属里这样的老人家有很多，他们需要更多的关心，只有他们的情绪稳定了，前方的战士才能安心。"就这样，李正隆从疫情阻击战打响的那天起，就成了一名身兼数职的战士：单位的技术员，志愿者车队的司机，医务队的编外宣传员，公益团队的联络员，医疗队员家属的心理辅导员……

在这次疫情阻击战中，像李正隆和王艳这样的家庭在宁夏公安队伍中有357个。

抗疫一线不能没有中央级网媒记者的身影

"抗疫一线不能没有中央级网媒记者的身影。记者是时代的见证者和记录者，在这场突如其来的防疫阻击战中，记者也是战士。身为中央级网媒记者，传播党的声音、记录感人故事、定格精彩瞬间，营造万众一心、众志成城抗击疫情的浓厚氛围，是我们的责任。新闻工作承担着引导社会舆论的重任，社会责任是我们工作的动力，也是我们工作的目的。无论在何时何地，作为新闻记者，我们要智慧、正直、耐心、勇敢，这样我们才会作出真正能让广大受众获得启示的好新闻。"人民网宁夏频道记者梁宏鑫说。

疫情防控期间，梁宏鑫报道了六批宁夏援湖北医疗队队员出征的壮举，还走进自治区人民医院对奔赴湖北的医疗队员和医院留守医护人员进行采访。对宁夏举行的12场应对新冠肺炎疫情工作指挥部新闻发布会全部进行直播报道，使人民网成为对这12场次发布会进行全程视频直播的唯一一家中央媒体。

"我们会连续两三天，从白天拍到黑夜，长时间地去蹲点，跟踪拍摄。很多时候你必须忽视自己，让采访对象察觉不到你的存在，做一个最真实的记录者。"新华社宁夏分社的90后摄影记者冯开华，疫情初期曾在盐池县蹲点采访一周，深入报道县乡基层防控工作和驻村第一书记的防疫、脱贫工作。

在疫情阻击战中，宁夏各条战线涌现出诸多普通人的感人故事。打动人心的瞬间稍纵即逝，为了通过镜头、图片去展现，冯开华和摄影部的同事们采用了老办法——跟拍。就这样，冯开华起早贪黑跟拍公交车司机陈丽萍保障医护人员通勤的故事，完成了图片故事报道《为医护人员护航的公交车司机》；参与拍摄《抗疫一线"守夜人"》，聚焦社区工作者、志愿者、民警等人员；与分社记者前往固原采访，完成图片故事《西海固脱贫青年"东南飞"》，单篇单平台网络点击快速突破百万次；拍摄的宁夏第四批援湖北医疗队出征的新闻照片被《人民日报》头版采用……冯开华个人累计拍摄发表相关图片431张，短视频10条，有8条报道网络点击量超过百万次。

刚刚完成一线独家报道《宁夏日报记者深入疫情救治一线：这里的"战场"没有硝烟》的宁夏日报社记者尚陵彬虽然又一次拿下了独家报道，但她并不满足。"这还远远没有实现我的采访目的。截至目前，我的报道虽然有独家、有首发，但距离真正进入抗疫一线还很远。"尚陵彬说。

2020年1月30日，得知宁夏医科大学总医院急诊科接诊了一例发热患者，并确诊为新冠肺炎患者后，尚陵彬和同事马楠立刻深入宁夏医科大学总医院急诊科，采写了独家新闻《宁夏日报记者独家探访疫情一线："当时，我与病毒的距离只有0.1米"》。尚陵彬说，这篇报道算是第一次与真正接触患者的医生面对面进行了访谈。报道一刊发，就受到社会各界的高度关注，宁夏朗诵艺术学会联合作家进行脚本改写，专门制作了配乐诗朗诵。

此后，尚陵彬多次进入宁夏唯一定点医院自治区第四人民医院采访，并申请在自治区第四人民医院驻点采访。每天坚持蹲守病房外围，采访专家和出院患者，先后采写了新媒体报道《视频|战"疫"一线的第一批医护人员从隔离病区撤出》《刚刚，宁夏首例确诊患者治愈出院！》《视频|14天穿越生与死，听听宁夏首例出院患者的心声》《视频|宁夏医疗专家组成员介绍首例出院患者救治过程》等。其中，《刚刚，宁夏首例确诊患者治愈出院！》的快讯，在宁夏日报客户端、微信公众号，宁夏新闻网微信公众号等新媒体发出后，点击量超过10万。

经过反复沟通协调，2月8日，尚陵彬作为宁夏唯一一个在传染病医院驻点的记者，正式进驻自治区第四人民医院，深入了解该院全体医护人员在各自岗位上为打赢疫情防控阻击战无私奉献的感人事迹。

"其间，医院起初也是对我们持有怀疑态度的。首先，这家医院因为长期与传染病打交道，与外界接触较少，习惯了默默无闻的工作，很少宣传自己，他们既渴望媒体报道，又不知如何与媒体打交道；其次，疫情防控期间，医院肩上承担着'医护人员零感染、患者零死亡'两个重要目标，压力很大。"尚陵彬回忆说。

对此，尚陵彬向医院方诚恳地表示："作为一名党报记者，请相信我的政治素质和业务能力，我绝对做到遵守新闻报道纪律，不影响医护人员工作，不报道需要保密的内容，不经过审核的稿件决不擅自发布！"

为了赢得医院的信任，在医院期间，尚陵彬与医护人员同吃同住，深入采访医院各个岗位上的工作者，先后刊发了《来自战"疫"一线的报道：他们才下火线14天，又集体递交了〈请战书〉》《战"疫"中的战"疫"：我为隔离病区安了122个"天眼"》《筑起抗击疫情最坚实的堡垒》《忙得连元宵节都不记得了》《一首歌、一支队伍、一场战"疫"中的艰辛与坚守——让生命之花绚丽绽放》《隔离病区外，她们在拼命奔跑》《隔离病区的特殊岗位：24小时在线的电工班》《生命接力！宁夏成功运用"血浆疗法"救治危重症患者》等大量鲜活生动的独家报道。

在赢得信任后，尚陵彬再次向自治区卫生健康委、自治区第四人民医院争取进入医院最危险也是医护人员工作最关键的隔离病房采访的机会。"新闻记者只有亲临一线，用自己的眼、自己的耳去感受，才能理解在这种非常时刻，医护人员舍生忘死、勇于奉献、大爱无疆的精神，才能采写出感人至深的好新闻。"于是，2月22日晚，经自治区第四人民医院同意，尚陵彬进入隔离病区，记录宁夏首次运用血浆疗法救治患者的全过程，在隔离病区采访、拍摄4个多小时，推出了重磅报道《夜访隔离病区——在自治区第四人民医院亲历战"疫"》

和视频报道《独家震撼！穿越重重消毒区，宁夏日报记者夜访隔离病区》。报道推出后，受到社会各界热烈反响，第一次以第一视角展现了宁夏医护人员艰苦工作的真实影像。

从宁夏暴发疫情到确诊病例清零的55天里，尚陵彬一直参与宁夏抗击疫情防控工作，作为新闻媒体人冲在战"疫"最前线，采写各类新媒体文图视频稿件和报纸稿件超过300件。

因为新冠肺炎疫情影响，银川公交车全线停运，很多乘公交车上下班的医护人员无法及时到岗上班。银川退伍军人王京第一时间站出来发起组织成立橄榄绿车队，义务接送医护人员上下班。祁瀛涛在第一时间刊发报道《万众一心　阻击疫情感人！银川退伍老兵王京组建橄榄绿车队义务接送医护人员上下班》，并于1月30日6点多和同事赶至王京家中，记录他接送医护人员上下班的全过程，采写制作文图视频作品《阻击疫情　守护家园谢谢您！橄榄绿爱心车队温暖了一座城！》。两篇文章的发表，不仅让更多的医护人员能够通过橄榄绿车队上下班，还召唤了不少热心人加入橄榄绿车队，成为疫情防控期间的一股暖流，温暖了万千人的心。志愿者王志秀就是看到报道后，不顾家人和朋友的劝阻，加入了橄榄绿爱心车队。她在《2月20日，我离疫情最近的地方》这篇日记里写道：

我已经习惯每天都会到离疫情最近的地方，也习惯了早起的节奏，总会在不经意间有暖心的事发生。

人人都在谈起自治区第四人民医院时唯恐避之不及，而我却上赶着天天跑，因为自治区第四人民医院是我们宁夏这次新冠肺炎的定点治疗医院，而我负责接送那些没有车不方便出行的医护人员。

有人说我们很伟大，有人说我们是好人，可是我从没有觉得自己做了什么大事，只是做了自己认为对的事，也没有想过会有人这样标榜我，反倒让我受宠若惊。

已经连着两天忙得团团转，还好医院的通勤车已经修好，明天早上可以有一个上午的休息时间，可以由着性子睡一上午。最近都已经渴望、迷恋早上的那一觉了。

我给自己的目标是：疫情不结束，我就不"收兵"。我算不算是一个执着的妞？

我是个普通的小人物，做自己认为靠谱的事，从没有想过奢望什么，也没有想过会有表扬……

时间一天天过去了，祁瀛涛用他手中的相机和一篇篇鲜活的文字，记录着宁夏阻击新冠肺炎疫情的点点滴滴，向人们传递着正能量，用多种方式记录着银川这座城市的变化。

祁瀛涛还尽自己的力量帮助着需要帮助的人。2月初，当了解到因为疫情的影响，银川周边菜农蔬菜滞销，祁瀛涛第一时间联系到新华百货连锁超市，希望能帮助菜农解决困难。新百连超于2月5日开始行动，专门成立应急采购小组，前往现场收购蔬菜。截至2月24日，通过20天的集中收购，累计收购菜农滞销蔬菜792.672吨，有效解决了菜农因疫情造成的蔬菜滞销难题。

而这只是祁瀛涛在新冠肺炎疫情防控期间每天辛劳的几个短短

的缩影。从疫情开始到现在，祁瀛涛一直高速运转在采访的路上，从未休息一天，发表各类稿件百余篇，拍摄照片上万张，用他的镜头和文字，通过不同的传播形式向市民传达着无尽的正能量。

和时间赛跑的"逆行者"

李东阳到银川市临时急救医院时，他的母亲拍了拍他的肩膀说："你是个大男人了！"而他在襁褓里的儿子还不到一百天。银川市临时急救医院，是与武汉"雷神山""火神山"同步启用的急救性质的新医院。李东阳不是医生也不是护士，他只是银川市第一人民医院的一名后勤人员。新医院要临时启用，那一定就是"兵马未动、粮草先行"了。于是，李东阳告别家人，简单收拾了行李之后便作为排头兵来到了位在宁夏永宁县原胸科医院的银川市临时急救医院。李东阳以为，作为后勤人员，不管到哪里只要将自己分内的事情做好、将疫情防控期间的防护工作做好就可以了。却不料，到达目的地后，李东阳和其他头一批来的医护人员一样，被空荡荡的大楼给所有人来了个

"下马威"。原来医院是一座未曾启用过的医院，所有基础设施都没有调试检测过，更不要说立即投入使用了。同时，原胸科医院是按照普通医院设计的，而现在可是要作为紧急收治传染病的布局重新规划。可以说这是一个陌生的、需要白手起家的环境。1月底的西北，大楼里没有暖气，那种冷可以说使人站都站不稳，更别说要面对的是铺天盖地的"活儿"。作为后勤人员，他甚至来不及多想，命令已经下来了，只有五天的时间，医院就要运营，而且头一批医护人员已经到位，起码的基础设施跟不上趟，这是坚决不行的。

他恨不得踏上风火轮，脚步能快一点再快一点。到处都是叫他的人，他的电话都快被打爆了，事情又多又乱！这边漏水了，那边下水堵了；这边电不通，那边网连不上……全都十万火急。前脚刚给施工方布置好修缮任务，后脚又转入宿舍安排床位的摆放，还未安排妥当，大伙的饭到了，赶紧通知所有人员到指定地点，然后给大家一份一份地发饭……分发完盒饭，一般都会是下午一两点钟了。时间紧、任务重，活都等着呢，他赶紧扒拉两口饭，便又继续投入维修与住宿安排中。关键时期，医护人员在前方奋战，我们后勤保障这块儿可不能乱了阵脚，再大的困难也要想办法解决，一定要为他们做好服务工作！李东阳是这样说的，也是这样做的。

医疗垃圾在医院内的感染防控工作成为一道大难题摆在李东阳的面前。医疗垃圾的收集、转运，每一个环节都不能出一点差错，于是，李东阳请"院感"方面的老师对医疗垃圾贮存点进行全新布局，细致到每一个隔间的门怎么开、开多大。好脑子不如笔头子，他的工作笔记本上基本画的都是草图，上面记录着密密麻麻的数字。

在刘东阳不懈的努力、协调后，院内终于以最快的速度启动了医疗垃圾闭环处理工作，极大地保障了医疗废物安全、规范、有序地离开医院。

在医院全体人员共同进行了一场异常艰苦的努力后，医院的运行初具规模。李东阳这时候才发现一个大问题被遗漏了，那就是职工的洗澡、洗衣服的问题没有解决。这可不行！李东阳迅速联系施工方、供货安装人员等对宿舍生活区进行全面摸排，设置原则就是医护人员要使用方便。经过三方的共同努力，所有人加班加点在两天内解决了从施工改造到安装使用，终于弥补上了医护人员最基本的洗浴需求。是啊，任何一支战斗力强大的队伍背后，都少不了一个优秀的后勤队伍在做保障。看着医院的各个方面正一步步走上正轨，李东阳舒心了一些，正打算这天早点休息，这段时间可真是累坏了，可电话又急迫地响了起来。原来住院部东一层隔离区内房顶漏水严重！此时此刻已经是凌晨两点半了，李东阳二话不说穿起衣服就朝现场奔去。在与隔离区的工作人员沟通确认情况后，他便会同施工方拿出解决方案现场整改，直到漏水问题全部解决。李东阳走出隔离区才发现天又快亮了，不觉中又度过了一个不眠之夜。

每当特殊时期，无数年轻人、党员纷纷要求上前线的激情画面，一直激励着三十岁的李东阳。他是一名入党积极分子，却时刻以一名合格共产党员的标准要求着自己。在进入新院区的半个月时间内，他每天的工作时间基本都在15个小时左右，累得想不起与家人联系，偶尔深夜妻子打来视频电话，小夫妻总是泪眼相对，一句话也说不出来。

疫情虽说向好，却还没有全部消失，银川市临时急救医院那么多的同事们还没有撤退，李东阳决定继续默默坚守在"幕后"，恪尽职守、全力以赴地做好疫情防控期间的保障工作，筑牢疫情防线，不畏艰难，坚守初衷！

让所有的孩子能在家上课

根据党中央有关指示精神，结合全区疫情，自治区党委、政府多次专题部署，宁夏教育厅在春节期间紧急启动了教育系统重大疫情应急防范措施，果断决策延迟开学，开播《空中课堂》。教育厅疫情防控领导小组按照工作要求，成立了《空中课堂》工作组，教育信息化管理中心、电视台、教研室等有关处室单位协同配合开展工作，为全区大中小学生提供丰富多样、可供选择、覆盖全网的优质网上教学资源。为保证学生及时收看《空中课堂》，自治区教育厅和自治区广播电视局共同努力，凝聚各界力量，昼夜奋战，全力以赴确保播出不留盲点、不留死角，实现全覆盖，做到不漏一人、人人能看，最大限度地实现疫情防控和教育教学"两不误"。

教育厅教学研究室研制了《空中课堂》教学方案，进行了教学任务的总体规划和安排；研究制定了一整套管理办法和预案制度；精心选拔指导专家和教师完成《空中课堂》的具体教学任务；确定了《空中课堂》教学计划和教学内容，并进行了具体的工作安排，同时强调，按照国家有关要求，不随意增减课程，不改变教学的进度、难度；依照电视和网络的授课特点，压缩了授课课时（每节课20分钟），控制了学习时间；课间安排文体活动，为学生营造轻松愉悦的学习氛围，以便获得更好的学习效果。

2020年2月1日，自治区教育厅发布关于在疫情防控期间开展《空中课堂》的通知，启动实施学校《空中课堂》。通知要求各教育局、各学校充分利用"互联网＋教育"示范区建设成果，依托电视、网络、移动终端等现代技术搭建《空中课堂》，为全区大中小学生提供丰富多样、可供选择、覆盖全体的优质网上教学资源，开展线上教学活动，确保停课不停学、离校不离教，最大限度降低疫情对学校教育教学和学生学习的影响。

此通知涉及所有大中小学生。尤其是全区的小学和初中，以国家课程标准为依据，组织全区特级教师、塞上名师、骨干教师等录制优质教学课程，在宁夏教育电视台和宁夏教育云同步播放。有条件的市、县（区）可组织当地教学名师等在网上《空中课堂》开展直播教学，学生登录网上虚拟班级进行在线学习。同时，由学校安排学科教师对学生开展在线辅导、互动答疑、作业辅导等教学活动。

普通高中按照"一校一案"的原则制订疫情防控期间的教学计

划，由学校组织学科教师在网络《空中课堂》等平台，开展线上授课、在线辅导、互动答疑、作业辅导等教学活动。

通知指出，针对初三、高三年级学生学习任务重的实际需要，自治区教育厅要组织全区初中、高中学校的特级教师、塞上名师、骨干教师等录制专题辅导课程，通过《空中课堂》和网络平台同时播放，指导学生进行复习巩固。

对于高等院校和职业学校，则可利用宁夏教育云平台、国家开放大学和宁夏广播电视大学网络课程资源平台、中国大学MOOC平台（慕课）、学堂在线、闽宁高校合作在线课程联盟和数字图书馆等平台，选择优质、适用的公共课、专业课等网络课程，开展线上学习。同时，也可组织教师录制视频课程，通过"微课堂"、互联网群组授课等方式实施网上教学，开展在线辅导。

2月3日，《宁夏空中课堂收看指南》在宁夏教育厅官方公众号等平台发布，仅公众号阅读量就超过10万，点击"在看"表示赞同的达5000多人，留言询问各种问题的百余人，可见其受关注之高。

宁夏中小学《空中课堂》的内容，电视平台通过宁夏教育电视台和宁夏电视台少儿频道播出，网络平台通过宁夏教育云在线课堂播出。2月5日，自治区副主席、自治区应对新型冠状病毒感染的肺炎疫情工作指挥部学校工作组组长杨培君调研《空中课堂》的准备和实施情况。杨培君先后走进教师录课演播室、空中课堂播控机房，看望录课教师及相关工作人员。他强调，面向全区学生开展的《空中课堂》，既是战疫情应急之举，又是对"互联网＋教育"建设成果的集中展示，要对课程内容严格审核把关，针对不同学段学生录制高质量教学视频，规范播出，为全区学生提供丰富多样、可供选择的优质网上教学资源，真正实现全区学生停课不停学、教师离校不离教，最大限度降低疫情对教育教学的影响。

让每一个学生都能及时接受到相应的教育，并非易事。为了实现人人、时时、处处都能够收看《空中课堂》的目标，教育厅积极争取自治区党委宣传部的支持，在《学习强国》宁夏学习平台开通了《空中课堂》专题专栏，多渠道保障学生收看学习。电视台和网络公司、IPTV 集成播控平台等积极协调，搭建了全区网络空中名师课堂。

在各个团队的紧密配合下，2月5日至16日期间，录制了《空中课堂》《开学第一课》和第一期课程的任务，精心编排了12天的综合素质教育类节目，完成了《在线互动课堂》《直播课堂》与《心理辅导课堂》等栏目，全方位关注学生的身心健康、学习情况。疫情防护知识、科普讲座、艺术欣赏、心理健康辅导、寓教于乐，在学生们通过这些实用、有趣的节目熟悉网络课堂的这十余天，中小学《空中课堂》名师专递课程不舍昼夜、紧锣密鼓地录制着。到2月17日正式开学，根据新学期教学计划，宁夏教育电视台、宁夏教育云平台分时分年级分学科安排播出名师专递教学课程，教育厅及各级教育管理部门和中小学学校，组织各校各科教师指导中小学生依照课表在线学习观看，完成学习任务。

教育厅各科教研室动员了全区市县区校四级教研力量，组织成立了专家团队、教师团队。专家团队主要是来自各市县区的教研员，他们大都曾是一线名师，也是教育理论、教学方法的研究者，还有些教研员承担了具体的教学任务；首期教师团队是从宁夏的特级教师、塞上名师、骨干教师、国家和自治区优课大赛获得者、"一师一优课，一课一名师"的部级优课获得者、学科带头人等优秀教师中，精心遴选的182位名师，按照学科组建队伍，录制课程325节。一对一磨课，试讲，从内容到课程都精准把握，形成了《空中课堂》的规范要求及录课要求。

教育电视台承担了《空中课堂》的主要录制工作，在短时间内调动了全部的专业设备、技术力量，制定了精确的录制时间表、任务书，全力优先保障课程录制需要。同时该台在多个平台多个渠道积极主动发声，及时发布权威信息，宣传工作动态、解读政策规定、解答具体疑问、提供咨询服务，一时间社会关注度高涨。据统计，每天通过有线电视、IPTV平台和互联网电视收看、回看宁夏《空中课堂》共605万次，通过卫星接收观看用户80万。

《空中课堂》的录播，时间紧，任务重，压力大，每一堂课的成功展现的背后都有十多个人在努力，没有一个人计较个人得失、抱怨或掉队，没有一个人因为畏惧疫情而退缩，积极参与，每天的工作忙而不乱，只想把最好的奉献给学生。这非常时期的非常措施——《空中课堂》，提升了所有参与者、教研工作者和一线教师团结一心、众志成城的奋战意识，大家抱着必胜的信念，以集体的智慧，高质量、高水平地完成了一堂又一堂《空中课堂》的录制。

2月4日16时，宁夏教育电视台节目信号顺利上星。2月5日，《空中课堂》第一期正式开播，2月17日《空中课堂》第二期上线，学习资源全区公平共享，不漏一人，人人能看。这种由教育厅统筹管理下的大规模线上教学在宁夏尚属首次，在全国也不多见。最大限度降低了疫情对教育教学的影响，得到了广大师生和家长的高度认可。

银川市兴庆区第十八小学一年级的小朋友小米，因为新冠肺炎疫情暴发，和妈妈滞留在了甘肃老家，不能按计划回到银川。《空中课堂》开播前，班主任吴老师为了让他能听到课，每天打电话指导他妈妈连接设备，直到确定可以收看才放心。

小米高兴地对吴老师说："网络上老师们讲得非常好，我完全能听懂。"课后，语文老师和数学老师都会在网上给小米他们辅导，老师耐心地提问，小米和小同学们通过语音抢答，感觉就像在学校教室里上课一样："还能听到同学们的声音，很开心。"

小米按照老师的嘱咐认真完成家庭作业，写完后拍照传给老师批改。在数学课堂上，他学会了平面图形知识。小米试着把家里的各种东西拿过来，一个个放在纸上沿着边画出平面图形，再把它们组合起来拼成自己最喜欢的图画，这让他感觉到平面图形的世界很神奇。他说："我不光学习语文、数学，还每天坚持运动。这样的《空中课堂》很有趣，我每天过得很忙碌很充实，也很快乐！"

银川实验小学的郭老师，丈夫是宁夏人民医院第二批援湖北医疗队的冷队长——年轻的同事亲热地叫他"冷妈妈"。郭老师夫妻这样的"家庭组合"比较多见，一个在防疫抗疫一线救治患者，一个通过网络手段教书育人。1月27日（大年初三）下午，"冷妈妈"第一次接到准备出发去湖北支援的命令，郭老师急忙给他理发、准备出差的用品。对郭老师来说，虽然形势严峻，却并没有丝毫的忐忑。一方面作为资深教师，她深深知道职业责任感不会让他们这样的家庭——作为医生的丈夫和作为老师的自己，在国难当头时说出一个"不"字；一方面则是对丈夫的高度信任，平日里他虽然话语不多，为人不拘小节，但工作中从不会耽误正事，从不会令组织和同事失望。大四即将毕业的女儿心细如发，是父亲的贴心"小棉袄"，听到爸爸要去支援湖北的消息，只说了一句"怎么会这样……"起身假装去厨房烧水。郭老师听出女儿在哽咽，跟到厨房，帮女儿擦掉眼泪，安慰女儿说："没事没事，放心吧，爸爸他们去支援湖北，和在银川医院的急诊室工作是一样的。"

那天，根据组织的安排，"冷妈妈"暂缓赴鄂。送完第一批同事，他和留守的同事及妻女，每天都做着随时出发去湖北的思想准备，他的行李箱总是放在客厅随手就能拎到的地方。郭老师一看到他的头发茬长出来，赶紧帮他理发——从春节前夕到正式出发的2月12日，丈夫的头发已经理过三次了，为的就是去湖北后节约工作时间。

52岁的汉子"冷妈妈"于2月12日带队出发。责任重大，事关安危。到了疫区，细心唠叨的"冷妈妈"白天忙着查房、诊疗，晚上忙着处理医疗队中的各种事务，几乎顾不上和妻女联络。

丈夫在湖北的医院为患者忙碌，郭老师在银川的家和学校为学生忙碌——对郭老师来说，今年的这份操劳，也是她从教近三十年来的新挑战。郭老师担任着班主任及年级组长的工作，疫情发生后，她要仔细了解学生健康状况及外出学生返银情况，一个一个地打电话，一遍一遍地询问。看到57个孩子一切正常，她心里才踏实了。有一天，统计信息有一人未填写，给家长打电话没人接，发微信也不回复，学校统计汇报的老师在后台催，郭老师只好发动班级群中的家长去联系。半个多小时后，那个孩子的家长终于回电话，确定了信息。班上有两个湖北籍的学生，其中去湖北荆州探亲的小覃同学，成了这个假期郭老师最牵挂的学生。随着武汉疫情的严重，原本1月26日准备返银的小覃一家被困在荆州乡下，郭老师每天与家长联系了解孩子的健康状况，及时填写报表上交。有时乡下那边信号不好，郭老师就一边电话联系家长核实信息，一边在自己的电脑上帮助家长填写。

《空中课堂》开课后，小覃的书还未收到，郭老师就先将课本拍照传给家长，对于孩子不太理解的问题，用语音一项一项地给孩子讲解。3月17日一早，小覃的妈妈激动地告诉郭老师，他们的离汉通行证审批通过了，郭老师赶紧指导他们填写返银人员登记表。随行人员、自驾车牌号、次日到达时间以及通行的高速路口，一一核实、修改、上传、再修改……上交信息表之后，郭老师才发现已经9点多了，连早饭都还没顾上吃。中午12点，小覃妈妈发来短信说已上高速。第二天一早，郭老师再次联系家长，确认中午到达银川的时间。11点58分，小覃妈妈发来短信，说已到贺兰山高速路出口。经过一番等待和登记后，下午3点小覃一家被安排到酒店集中隔离观察。"酒店名称、房间号、到达时间……"想到他们一家一路奔波劳累，郭老师又主动帮助他们填表上传，让他们好好休息。

"开始隔离，感谢学校老师、政府各个部门的付出与帮助，感受到中国这个大家庭的温暖……"看到小覃妈妈刚发的一条朋友圈，郭老师觉得这两个多月的牵挂与辛苦是值得的，便转身又投入到了督促学生上好《空中课堂》的工作中。

《空中课堂》开课。50岁的郭老师和爱人"冷妈妈"一样，忙起来几乎忘了自己。郭老师没有参与《空中课堂》的录制工作，但她每天晚上预习新课，第二天和学生们一起准时收看《空中课堂》，边听边认真记录。与师生在同一个教室里面对面交流不同，网络教学对于师生来说都是新事物，接受起来并不那么容易，且看不到学生们小脸的即时生动反应，知识掌握消化情况如何，还需要课后做大量工作。所以，每天课后郭老师都在班级微信群或QQ群给学生在线答疑。为了保证学生书写正确，她提前把每一课的生字在本子上都工工整整地写好，拍照，用红笔将易错字标出，拍照上传到班级群中供学生仿写。学生上交的每一篇作文她都仔细批阅，针对孩子们习作出现的问题，一篇篇地提出修改意见。学生按要求修改好后再上传，她再细心批改，不落下每一份作业。长时间盯着手机看，郭老师的眼睛很不舒服，贴心的女儿帮妈妈换成了平板电脑。伏案劳作久了，加之神经紧绷，身心疲惫之时，女儿就帮妈妈捶捶肩背，和妈妈聊一会儿爸爸的防疫和妈妈的教学，以及自己的学业。父母的职业操守和兢兢业业，女儿看在眼里——医生和教师，关系到生命和未来，这都是天使才能从事的职业！

《空中课堂》正式开播那天，固原市彭阳县学生最多的学校——彭阳二中，有2865名学生收看、学习，这个"数字"来之不易。疫情防控伊始，正值春节，有相当一部分班主任不在彭阳，有的去了外地省亲，有的回了乡下老家。但当学校发出相关工作通知后，56个班主任没有一个工作滞后。当时开展工作全靠手机，有些在乡下的班主任收不到网络信号，他们不顾严寒，跑到有网络信号的地方操作。摸底学生收看《空中课堂》情况的工作，要求连夜完成，班主任们在漆黑又冷风砭骨的夜晚找到网络信号，一个字一个字手写发送，手指都冻僵了。

正如该校马校长所说，疫情也是对师者责任心的考验。根据学校和学生现状，马校长提出了疫情防控期间教学"一班一案，一生一策"的原则，针对性开展教学辅导，既关注《空中课堂》学习的参与率，又注重对特殊学生进行心理安抚和课程辅导。《空中课堂》开播前，马校长每天到校值班，电话和教师沟通，与学生交谈，了解学生们对网课学习的认识，关注困难学生家庭。当他听说有5个学生缺少上课终端，立即多方联系获赠了5部手机，为贫穷家庭的孩子及时送去了温暖，保证不耽误他们的学习。

为了让同学们能够顺利通过网络上好课，彭阳二中在《空中课堂》开课前几天进行了试播，正式开播没有出现卡顿的现象。"上午上生物课，下午是语文课。通过网络上课，感觉很新鲜。我会认真收看，认真完成老师布置的作业，为疫情过后的开学做好准备！"八年级5班的小马同学说。

"《空中课堂》安排的课程全面、内容丰富，收看渠道宽广，学生不懂的内容还可以回看，确实打消了我们家长的顾虑，这样既不耽误孩子学习，又可以有效遏制疫情传播。我们家长觉得很满意！"一位王姓学生家长说。

该校还承担着全区初中生物和地理两门课程《空中课堂》的录制工作，为上好每一节课，学校和老师们做了大量工作。对于从教多年的老师们来说，习惯了传统教学模式，网络上和学生互动、通过《空中课堂》学习都是挑战。老师们抓紧时间学习，及时上网查阅补充资料，认真思考每一节课程的教学设计，并通过各种网络手段积极与同事交流探讨。强烈的责任心让他们短期内就能够熟练运用各种网上办公教学程序，一个个网络教学的"门外汉"，变成了"网络达人"，对位于南部山区的彭阳二中的老师们来说并非易事，但他们做到了。

《空中课堂》对农村孩子学习方式的改变，更多借助的是学校和老师的力量。为帮助孩子们逐步形成自我管理的能力，养成自觉学习的习惯，兴庆区月牙湖回民中学制订了一系列方案，按照党员包班级、中层干部包年级、班主任包学生的要求，把党员、中层干部、班主任编排到各个班级群、学科群，督促老师和学生按时进入课堂学习。老师们努力攻克了一个又一个难题，尽全力做好有效的辅助：一个不少地把课本送到学生手里，一个不落地进行摸底调查和技术指导，课前提醒孩子按时听课，课后批改完作业逐一解决孩子学习的疑问。

有一些学生家长不识字，不会操作网络平台，学生平常接触网络少，很多问题不明白，难以顺利进入在线互动课堂学习，班主任和任课老师就通过视频通话帮助家长调试设备、连接网络、打开链接、登录平台，教会他们操作。对个别家里电视有故障，没有电脑，学生多、手机不够用的家庭，班主任根据课表帮助合理安排，采取直播课堂优先、《空中课堂》回看的方法，指导同一家庭几个不同年级的孩子错峰学习。对于网速慢、流量不够的家庭，学校及时向家长推送网络公司赠送《空中课堂》网络流量的消息，帮助家长解决困难。

《空中课堂》时间短，但知识信息量大，对于基础薄弱的学生来说，课后答疑、辅导环节必不可少。学校安排所有任课老师通过宁夏教育云人人通、教学助手、学科微信群等，对学生开展作业布置、检查，在线辅导、答疑等教学活动。确保作业不过夜，学习不留夹生，从而保证教学进度和效果。为了确保教学效果，全体班主任通过电子调查问卷、班级微信群、电话问询等各种方式，对每个学生观看《空中课堂》的途径、设备等进行了多次摸底调查。

家住月牙湖乡塘南村的七年级（1）班学生龙龙，与爷爷奶奶一起生活，家里没有智能手机，没有电视和电脑。学校把用于接收远程直播的电视和户户通卫星接收设备暂时"出借"并负责安装到位，解决了龙龙《空中课堂》学习期间的困难。2月17日，龙龙高兴地坐在电视机前收看了属于自己的第一节《空中课堂》。

月牙湖乡海陶南村十四组的六年级学生亮亮和八年级学生妍妍是姐弟俩。他们的父母在三亚打工不能返回银川，基本处于无人监护状态。学校三位校领导自己出钱，给两个孩子购买了学习和生活用品、食品等，通过村干部转送到家里。在征得他们父母的许可后，两个孩子的班主任、任课教师、学校德育主任成了他们特殊时期的"监护者"，不定时电话联系，适时进行心理疏导、学业辅导。《空中课堂》正式开播后，所有任课老师对这两个孩子开通了24小时微信绿色辅导通道，所有学习、生活上的问题，他们都可以寻求老师的帮助。

"郝妈"，你放心

来到湖北襄阳已经第九天了。襄阳的每一天都会有两个忙碌的身影，奔波在宁夏援鄂的各个医疗点之间运送医疗物资及生活用品。他们是队长郝晓明及联络员王楠，队员们都亲切地称呼他们"郝妈""王爸"。"郝妈"和"王爸"每次来看望我们的时候，都是带着我们最需要的物品，如外科手套、口罩、药品、袜子、鞋子、面盆、皮筋……

——固原市人民医院 屈文慧

郝队长是我们137人的主心骨，正如大家在群里称呼的"郝妈"那样——就像慈爱的妈妈一样时刻关心着我们每一位队员。每次"郝妈"来看我们，对我们每一位队员说得最多的一句话就是：一定要做好防护，平平安安的！他说：我最大的心愿就是我们大家都平平安安地来，平平安安地归！

——中卫市人民医院　张静霞

到达襄阳的第一个晚上，（郝队长）联系宾馆给我们送来了清真饭菜。我是回族，"郝妈"特别关注我的饮食，经常会问我吃得怎么样啊，营养够不够，我无论有什么困难他都会帮我解决。

——宁夏回族自治区人民医院　马云涛

打开队员们在援鄂期间的日志或美篇，会发现好多队员都会提到一个人——"郝妈"。

"郝妈"就是郝晓明。一个年过半百的七尺男人，却被队友们称作妈，为什么？郝晓明笑了笑说："可能是我太唠叨了——每天给大家安顿吃好、喝好、休息好、工作好，每天早上要在群里发短信，每天去驻地看队员，见了面还是强调这些事情，队员们大概觉得我比较婆婆妈妈。"

是的，他一见队员就要唠叨，洗澡要用热水半个小时以上，洗手一定不能少于15秒，穿脱防护服一定要仔细等一些琐碎的小事。叮嘱最多的就是，一定要做好防护，一定要安安全全的。

"我不会打针看病，不会救治患者，我为什么来襄阳？我就是来给医疗队的医护人员做好后勤保障的，最终还要把大家平安地带回去，这就是我在襄阳的任务。"

压力来自各种担心——担心队员们感冒，吃不好穿不暖，防护物资不够，有感染风险；担心发生安全事故。这似乎成了郝晓明除了日常工作之外，全部的生活内容。

他最怕的就是队员感冒发热："因为一旦有一个人感冒，有可能跟他在一起工作的人都要被当作疑似患者进行隔离，这肯定会对医疗队的战斗力产生影响。"所以，事无巨细，生活上的小事情都要详细。"我这儿相当一个兜底的，说得多了，大家就都能做到了，也是为了防止大家麻痹大意。"虽然各组长也在提醒、要求，但是135名医护人员分散于襄阳12家医院。各组组长也要倒班，不可能每个时间点上都能安顿到，但郝晓明必须把每个细节都考虑到。

"我就是大家的主心骨。"

到了襄阳，身为队长的郝晓明所有事情都得管：跟当地行政部门协调沟通，跟当地防控指挥部沟通，跟医院沟通；跟社会各界的公益组织，跟当地媒体，跟后方的宁夏指挥部，都要保持信息通畅。

刚开始的两周里，他的精力主要花在后勤保障上，特别是医护人员的医用和生活物资的保障。1月底2月初，全国防护物资都比较紧张；医疗队带的物资也有限，虽然出发时，宁夏卫生健康委把全部家底都给了援助医疗队，但也只有三到五天的量。防护服使用的标准是4个小时一换，但知道物资紧缺，所有的队员都非常配合，穿上防护服能在病区里面多待一分钟就多待一分钟。有的队员在病区里面工作，把不属于自己的工作也不挑不拣地做完，就为了省防护物资。

在不熟悉的环境中带一支陌生的队伍，这支队伍中的人又很快撒到了各个陌生的角落，这是郝晓明无论如何也没有想到的。他所做的工作只为一个目标，就是顺利把任务完成，还要一直保持队员的良好精神状态。

2020年2月12日晚，宁夏第三批援助湖北医疗队到了，这也是宁夏派到襄阳的第二批医疗队。第一批医疗队援助的襄阳12家医院都有重症患者。按照国家规定，在重症室工作14天就要出来轮休。

“当时都以为要把我们换下来，可是队员们心有不甘，我也不甘心，觉得才来，情况刚熟悉。我当时也想，这是不是考虑大家比较劳累，工作强度也大，身体抵抗力下降，容易发生风险，所以要大家撤。当晚，我就在群里发了一句话——要与襄阳共进退，待到春暖花开时。这一下，群里炸锅了。所有队员都在表达一种意愿，要共进退，要坚持到底。”队里有年轻的护士发短信说，我们出来的时候，就是来拼命的。一晚上，一百多条短信，表达的都是一个意思，就是要在襄阳坚守下去。

这天晚上，初春夜晚的清冷令郝晓明翻来覆去，无法入眠。他想起出发时在河东机场，自己当着大伙的面表过态——我们是一个整体，一起来一起回，说话算话。而现在，虽说半个月过去了，对于郝晓明来说，援助工作才刚刚开始，还有更多的事情等着大家去做。出发时，大家义无反顾上飞机，前方什么情况根本不知道，甚至都不知道是来襄阳，可以说黑灯瞎火就上了路。可是现在想想，人这一辈子，能有几次像这样，国家如此需要你。郝晓明觉得自己是幸运的。

帮湖北就是在帮我们自己，能来这里也是间接地在保护宁夏，保护襄阳580万人民，就跟保卫宁夏680万人民是一样的。

他是这样想的，也是这样给队友们说的。

最终，郝晓明带着队友们留了下来。

危险就在身边，他们无惧

2020年1月28日晚，银川市新型冠状病毒感染的肺炎疫情防控工作领导小组发布公告，决定从2020年1月29日0时起，对全市城乡所有客车班线及公交线路暂停营运。

公告发布后，银川市公共交通有限公司在公交全面停运、切断疫情扩散渠道的基础上，组织车辆人员积极投入到交通系统疫情防控工作中。公司迅速从8个运营子分公司中抽调性能良好的100辆公交车组成了应急保障车队，服从统一调度，24小时待命备战，随时满足城市应急需求，并确保紧急任务1小时内启动。

为保障一线医护人员通行，公交公司开辟了两辆定制通勤车，专门接送银川市第一人民医院的医护人员上下班。

疫情发生后，银川市按照"两环多点"的布局，在各高速公路出入口、国省干线交叉口、进城重要通道口等交通节点，布设各类交通防疫检查站57处，形成了银川连接周边地市的第一道疫情防控环线和两县一市进入主城区的第二道疫情防控环线，构建了点点死守、节节严防的疫情防控布局。

"设卡防控执勤点是守住银川市的防控大门，每日凌晨零下十几摄氏度的严寒天气，人最困倦难熬，公交防控值守人员依然抖擞精神，主动请缨，严防死守，不漏一车一人。"银川市公共交通有限公司一分公司党总支书记阚明轩说。从1月26日开始，银川市公共交通有限公司每天组织10余名工作人员和4辆性能完好的12米公交车，协助滨河黄河大桥、兵沟黄河大桥、黄河辅道桥、银巴路口服务交通防疫检查站工作人员开展检查工作。

"乘客隔位、分散乘车，每趟公交车载客率不得超过车辆核定载客人数的50%。乘客乘车必须全程佩戴口罩，未佩戴口罩不得乘车，乘车途中不得摘掉口罩。乘客乘车时保持安静，减少交流。"

疫情防控期间，自治区生态环境厅、卫生健康委联合发布文件，进一步加强新冠肺炎疫情防控期间医废处置及监管工作，要求各地和各相关部门要及时、有序、高效、无害化处置新冠肺炎疫情医疗废物，做好疫情防控期间医废处置和环境监管，最大限度降低新冠病毒在医疗机构收集存放、收运处置过程的传播风险，保障人民群众健康和生态环境安全。

"马队长，我们这里一小区的生活垃圾需要专人专车转运，你给尽快协调一下。""好的，我马上落实。"1月28日中午，接到永宁县环境监察大队的电话后，银川市固体废物处置大队队长马晓程立即行动。

自1月23日至今，马晓程和银川市三区两县一市的环境监察一线执法人员都忙碌着，他们的任务是要落实好各医疗机构、医废处置单位在收集、贮存、运送、处置工作的每个环节。

疫情防控期间医废安全处置更是重中之重。52岁的马晓程为保证每个环节不出纰漏，他精准对接6个县区市负责医废处置工作的执法人员和辖区医疗机构负责人。"对排查中发现的问题，必须就地解决，有啥问题他们找我。"马晓程说。

卫宁是西夏区环境监察大队的一名执法人员。大年初一，他接到了单位疫情防控通知。"把口罩戴上，小心点。"面对妻子的叮嘱，卫宁毫不犹豫地冲到了一线，与同事深入辖区的自治区第四人民医院、自治区人民医院等各医疗机构，从医废暂存间收集桶的设置，到医护人员对医废收集的规范等，都进行仔细排查，并逐一向医疗机构工作人员再次规范收集、贮存的正确流程。

"我愿意做一个勇担责任、听从指挥的'逆行者'。"从1月25日开始，一直坚守岗位的卫宁每天只靠视频与家人互动。

2月1日，吴忠生态环境保护综合执法支队执法二科科长杨宁已连续工作10天了。"我们要把医废处置的每个环节都盯紧盯细，协调好医疗机构和医废处置公司每一次对接。"他说。

1月23日，在防护物资匮乏的情况下，杨宁和同事仅戴着口罩就开始忙碌于各个医疗机构医废贮存、处置场所。

46岁的杨宁是个老党员，直至1月27日防护装备陆续到齐，他和同事们才算是真正全副武装起来，他们一丝不苟地开展着不间断例行检查和抽查，只为疫情防控期间医废得到100%的安全处置。

在疫情防控这场没有硝烟的战斗中，宁夏生态环境"铁军"毅然扛起重任，全力以赴，尽职尽责。

"我们要随时与辖区企业保持联系，督促企业做好复工复产前的治污设施调试运行准备，疫情防控与环境监管、服务都不能耽误。"银川市环境监察支队队长刘虎至今清楚地记得，2月25日是他连续坚守岗位的第30天，从辖区企业医疗废物、医疗废水处置设施的运行状态，到集中隔离点治污设施监管，他心中有本"明白账"，哪里有问题他随时能迎上去解决。

银川市疫情医废处置占全区总量的一半以上，如何全盘掌握疫情医废收集及转运处置情况、保障疫情防控期间生态环境质量安全？疫情发生后，有着20多年执法经验的刘虎思索后，决定采取现场督导和在线监控的笨办法，带领队员一家一家跑，一家一家叮嘱。他说："只有在一线，才能在最短时间督导到位，掌握真实情况。"自1月26日起，刘虎每天都奔波在现场，针对重点医废处置单位的分类收集、消毒、贮存、处置等环节进行排查，并通过微信群精准对接各辖区负责医废处置工作的执法人员和医疗机构负责人。

刘虎的爱人许向东是宁夏附属医院医护人员，疫情发生后，夫妻二人都在连轴转，已经有十几天没有见面了，他们无暇顾及备战高考的儿子。年迈的母亲把挂念藏在心里，只是每天都做好了饭等他们回来，可是饭凉了又热，热了又凉……"国家有困难，作为一名环保人，立足岗位，我们要有多大力出多大力！"刘虎说。

24小时监控医废处置单位运行情况、适时关注异常数据的出现、随时对一线处置单位进行业务指导……

2月17日上午，自治区生态环境污染防治中心危险废物科科长杨华紧盯着固废监控平台出现的每一组画面，随时通过监控平台，关注分布在5市的医废处置单位现场运行情况。

"是新洁公司吗？你们刚刚医废处置上料操作规程上出现瑕疵，要立即改正。"几天前，杨华通过监控平台发现中卫市新洁垃圾处理公司医废处置一名工人上料操作不规范，进行即时提醒。

"医疗废物、废水处置不能出现任何疏漏，否则会引起二次污染，甚至病毒传播。"作为自治区生态环境厅疫情防控领导小组成员单位，自治区生态环境污染防治中心的每位工作人员心里紧绷着这根弦。疫情防控末端处置的安全防线需要生态环境部门守牢，医疗废水、医疗废物的安全处置是防疫工作的末端环节，也是病原体"二次污染"防控的源头，容不得半点疏漏。

疫情阻击战是一场信息战，做好监管，信息畅通是关键。疫情防控期间，手机成了污防中心综合科科长张浩慜的"掌中宝"，作为防疫工作的主要联络员，他必须全面掌握全区医废处置机构设备运转和处置情况，调度各市相关数据，及时上报疫情防控工作信息，并认真比对每一组来自基层的医废收集、转运、处置的数据。"吴忠、固原医废收集量这两天增长太快，已经超过产能预警点。"2月9日、2月13日，张浩慜注意到两个地市数据出现异常波动，立即向污防中心主任吴洪斌汇报。很快，经过自治区生态环境厅疫情防控领导小组紧急会商后，确定新增了4家疫情医疗废物处置备用单位。

"目前，疫情医废处置工作各环节运行严丝合缝、平稳有序。5个地市6个医疗废物集中处置设施全部正常运行，4家备用企业也正在全力做着应急启动的准备工作。"自疫情防控工作启动后，自治区生态环境污防中心的工作人员坚守岗位，舍弃与家人的团聚，一次次深入自治区人民医院、宁夏第四人民医院等防疫一线医疗机构及宁夏德坤环保科技实业集团有限公司等医废处置单位，认真落实核查有关医废收集、暂存、转运、处置的每一道环节，全力攻坚医废安全处置问题，确保防线100%的安全。

第二部分 ｜ 守望家园
CHAPTER 2

最浪漫的事就是和他并肩作战

  "团圆"这个词，从吴学林选择上警校走上从警路的那天起，它就仅仅是存在于词典里的一个普通词。1995年，朝气蓬勃的吴学林前脚走出警校大门，后脚就昂首挺胸地踏进了警局的大门。这一干就是25个春秋，他已从一名青涩的民警成长为一名派出所所长。这25年，是他最美好的青春年华，吴学林的这段美好时光有一个字和他如影相随，就是"忙"！忙案子、忙训练、忙执勤、忙排查、忙扫黑除恶、忙检查、忙比赛、忙培训……一年四季，随着吴学林身上肩负的责任越来越重，他有忙不完的工作、紧急任务。也许你会问，这怎么过日子呢？吴学林会笑着回答你："没事，因为我爱人也是警察。"是的，吴学林的家就是公安队伍中一个特殊的群体——

"双警家庭"。在普通人眼里，"双警家庭"是令人羡慕的，夫妻都是警察，职业体面又收入稳定。只有吴学林自己知道"双警家庭"究竟意味着什么。当普通家庭计划着节假日外出游玩时，他们夫妻只能尽可能错时值班，好有一个人能照顾家里；当普通家庭享受着平日里的亲朋小聚时，他们却只能奢望着逢年过节能安静地和家人吃顿热乎饭；当普通家庭过着美好的亲子时光时，他们却只能默默放弃陪伴孩子成长的心愿，把孩子交给家里的老人带着玩拼图、堆积木……"双警"意味着双倍的坚守、双倍的奉献、双倍的担当。

2020年的春节即将来临之际，吴学林每天开心得像个孩子，因为今年的值班表出来了，妻子和他终于在大年三十这一天同时休息，不用值班。从1998年结婚到今天，22个春节，每一年他俩在年三十这天都很有"默契"地错开了，因此妻子笑称他俩撞了"大运"。2020年1月24日，大年三十这一天，自治区副主席、公安厅厅长杨东同志要来所里慰问基层民警，身为派出所所长的吴学林自然要早早到岗，带领全体干警迎接上级领导的节前慰问。这是很正常的春节前慰问工作，接待完领导慰问，吴学林再落实一下所里春节期间的工作，就可以回家在大年三十和家人吃一顿真正意义上的团圆饭了。吃完早饭，吴学林一身警服，穿着妻子给他擦得锃亮的皮鞋准备去单位。"爸爸，你早点回来啊，我们等你回来吃年夜饭！"身后传来女儿的声音。"是啊，老吴，这可是咱们家第一次名副其实的年夜饭，你可别一去单位就唠叨个没完没了！"妻子早就盘算着今天要买什么菜、做一桌丰盛的年夜饭好好庆祝一下。"是，遵命！"吴学林回身给妻子敬了一个礼，又冲女儿做了个鬼脸，妻子和女儿被他这一阴一阳的行为逗得直乐。吴学林没想到的是，从他大年三十一大早离开家，再见到妻子和女儿的时候竟然是在医院里！

去单位的路上，吴学林听到连载电台里新闻报道，全都是关于武汉疫情的消息，吴学林的脸色越来越沉重。1月23日上午，公安厅、市局、分局连续召开会议，传达了新冠肺炎疫情防控工作，下达了《关于启动二级勤务响应机制，配合做好新型冠状病毒感染肺炎疫情的通知》。凭着他25年警龄和当年在"非典"一线积累的丰富工作经验，他意识到这次的疫情堪比17年前的"非典"，也可能更甚于它。吴学林琢磨着到了单位要把昨天研究部署好的疫情防控措施再过一遍，一定要慎之又慎，还要再催一催防护物资，也许明天、后天疫情就会升级，在这一刻吴学林突然意识到他现在要和时间赛跑了，他脚下的油门不由得轰起来了。

吴学林去了单位，张月梅张罗着和女儿去超市买过年的吃喝。张月梅和丈夫是警校校友，丈夫比她高一级，当时在学校丈夫是区队长。那个时候的吴学林就是警校的风云人物，体育拔尖，足球踢得棒，还是校短跑纪录保持者，而且各项业务水平过硬，在同学里是数一数二的"强兵能手"。张月梅在警校就是丈夫吴学林的小迷妹，到今天她的脑海里都深深地烙着当年警校运动会上吴学林戴着墨镜像一道闪电奔驰在跑道上的情景。不过她这个小迷妹也知道这个看起来冷冷的、酷酷的师兄，对她有些偏爱，只有她敢冲他喊："把你的墨镜让我戴戴！"吴学林会乖乖地摘下墨镜递给她。

张月梅和女儿大包小包地买好年货到家时已经过了中午，因为长期作息不规律、工作压力大、过度劳累，2013年，张月梅查出了非常严重的糖尿病，到现在一直靠打胰岛素维持正常的生活。此时，张月梅感觉有点儿累，对女儿说，自己先躺一会儿再起来搞年夜饭。女儿看妈妈的脸色不太好，懂事地扶妈妈回屋躺下。"把手机帮妈妈拿来放在枕头边。"女儿知道这是妈妈和爸爸的习惯，他俩的手机都是在各自的枕头边，都说这样有辐射对身体不好，可是任谁也改变不了他俩。张月梅迷迷糊糊地好像听到吴学林回来了，耳边的电话铃声骤然大作，她一个激灵拿起电话就说："喂，你好。""张姐，半小时内到所里，开紧急会议！"张月梅的"好的"还没说完，对方就挂了电话。张月梅顾不得多想什么，把女儿安顿了一下就出了家门。

女儿吴琛，中国药科大学大四学生。21岁的她从小到大对父母这样的临时出勤习以为常，小姑娘的记忆里一家三口在一起的时光非常少，更多的是她自己一个人在家吃饭、学习、睡觉，爸爸妈妈很多时候都是在她睡着了才回家。她很小的时候妈妈就给她的脖子上挂了一个荷包，里面是家门钥匙，"独立"这个词是爸爸妈妈对她说得最多的。

所里紧急召开的是关于新冠肺炎疫情防控工作的通知，一下午的会开得很扎实。散会后，张月梅和同事就开始商量防控工作的具体实施方案。开会是总纲，会后才是研究更细致具体的实施布置任务。张月梅是富宁街派出所的社区民警，这次防控工作的关键就在社区这一块，张月梅的压力可想而知。女儿打来电话问她："妈妈，你什么时候回来？"她满是歉意地对女儿说："妈妈还有工作，你先去奶奶家等妈妈。""那爸爸呢？""你爸回不来了，爸爸是所长，他的工作更多。""哦，好吧，知道了。那你早点回来啊！"张月梅听着电话里女儿失望的声音，心里很不是滋味，谁让你是警察的孩子呢！

吴学林失约了，他给妻子发了一条信息："今晚回不去了！"就投入到新冠肺炎疫情防控工作中去了。吴学林自2016年2月起任银川市解放西街派出所所长，同年4月，文化街派出所因为办公用房正在基建，局里决定二所合署办公，这就意味着文化街派出所的警力被调配执行其他任务，吴学林负责的解放西街派出所在原有警力（民警22人、辅警30人）不变的情况下，辖区范围扩展为两个所的辖区总和。吴学林成了名副其实的"双所长"。具体到数字就是辖区现有常住人口96989人，实有房屋总数43203户，暂住人口12879人；商业网点763家、小区132个、特种行业60家、娱乐场所10家、学校16所、寄递物流网点11个、重点单位21家、宗教场所2处；有健康社区、文艺社区、银湖社区、华新社区、北苑社区、海宝社区、幸福社区、信义社区、山河湾社区、丰收社区、游乐社区、天成社区等12个社区。辖区内的132个居民小区，超过40%是建于20世纪八九十年代的无物业老旧小区，再加上出租房屋多，公园、酒吧等人员易聚集区域多，春节返乡人员多，等等。在陪同杨东厅长慰问的过程中，杨厅长再次对他传达了此次疫情防控的紧迫性、重要性。吴学林这个老警察开始冒冷汗了，他得连夜整改制订防控措施，要做到连个苍蝇都插不进来才行！

窗外开始有零星的爆竹声，女儿打来了视频电话，隔着手机屏幕，吴学林向父母拜了年，女儿撒娇说爸爸说话不算数，要补偿她一个大红包。妻子第二天要值班，已经睡下了。这一顿团圆饭，吴学林依然没能吃上，"一家不圆万家圆"成了吴学林最真实的写照。"平时你们就是风里来、雨里去，战严寒、斗酷暑，'白加黑''五加二'。和平时期最辛苦最劳累、付出牺牲贡献最大的是公安干警。"习近平总书记的殷切关怀在吴学林的耳边回响。吴学林知道自己只是千千万万个公安干警中普通的一员，"若有令，召必回"，警察和军人一样以服从命令为天职，心系家国是吴学林的毕生信念。大年初一（1月25日），上级下了指令，将二级警务响应机制上升到一级警务响应机制，要求全员全天在岗。事实上，吴学林在制订具体防控措施的时候已经按照一级警务响应机制的要求做了，警力紧缺逼得吴学林未雨绸缪，紧接着全所进入了火热的"一级战斗"。

从1月24日开始，所里派出6名警力迅速入驻银横路和京藏高速贺兰山路收费站出入口两个疫情防控检查站，守着进出银川的东大门；安排社区民警第一时间联系辖区所有酒吧、KTV等娱乐场所一律暂停营业；6名警力24小时驻守辖区两个封控点，负责掐断传染源。1月25日一大早，所里留够值班和备勤人员外，其余干警兵分两路，一路由教导员张冰带队联合综合执法等部门，督导检查辖区娱乐场所停业情况；一路由吴学林亲自带队，配合社区、街道对辖区132个小区进行防疫管控，最大限度切断病毒传播渠道。每天吴学林都要提前制订好一天的工作计划，他将辖区内12个社区分成12个大组，每组再分10个小组，派出所警力不足，他就紧紧依靠社区和检法等政法机关的党员、志愿者，充实小组力量。再根据各个社区的不同特点（老旧小区、有物业、无物业、不规则楼宇等），细化任务到人。

每天8点钟准时部署安排，所有组员领到任务后迅速奔赴各自的岗位开展入户普查工作，同时建立普查群，随时沟通协调工作中出现的问题。

"居民区是疫情防控的最小单元，也是最后一道防线。同志们一定要打起十二分精神，要舍得力气走路，必要时要跑起来，我们的普查工作是力气活，也是绣花活，要沉住气、弯下腰，对老百姓耐心再耐心……"每次出发前，吴学林都要对同志们不厌其烦地"嘱托"一番，时间久了，底下的同志都笑他，吴所长平时是个严肃大哥，一个病毒把他"毒"成"婆婆嘴"了。

普查的同志下社区后，吴学林开始抓紧时间处理所里的其他事务，处理好之后，他开始步行到每一个社区挨个督导检查，便于及时纠正工作中出现的问题。哪个组人手不够，吴学林就冲上去和他们一起开展入户走访工作。疫情最紧张的时期，他每天的走路步数都在3万步左右。中午不休息，和同事们在现场吃泡面、盒饭，赶上什么吃什么，一直到晚上8点多才回到所里，紧跟着又开始一天的核实信息、填表工作。每天晚上的十一二点，分局会视频召开疫情防控工作会议，基本上一开就是两个小时，各所分别汇报当天的工作并对下一步工作做研究部署，常常是到凌晨一两点，一天的工作才算告一段落，而吴学林还要继续将一将最近的工作，他的工作笔记随时随地都在记录，他要根据这些记录和现场经历对每天的工作做新的调整安排，有时候他干着干着趴在办公桌上就睡着了……他说："这样也好，省了脱衣服穿衣服的时间。"分秒必争，与时间赛跑，吴学林说这是防控疫情的关键，我们就是要和病毒赛跑，我们跑赢了，它就输了！

　　随着疫情蔓延，宁夏应对新型冠状病毒感染的肺炎疫情工作指挥部的公告也是一次比一次级别高、要求多，公安厅、市局、分局也是一级级层层部署，对防控工作安排细中有重、重中有重。各小区实行封闭式管理后，上级又下发了"千警进万家"的通知。布置任务后，有的同志有畏难情绪，这样人和人正面接触，像那些小区里有从疫情严重地区回来居家隔离的，尤其是那两个发现确诊病例的封控区，说不害怕是假的。吴学林看出了同志们心里的担忧，他没有批评他们，脱了这身警服大家和普通人一样，都是个肉身子，病毒可不怕警察！"走，去福川苑，我给咱入户普查去，给你们打个样！"福川苑就是解放西街派出所辖区内发现确诊病例的封控区之一。面对危险，吴学林冲到一线亲力亲为的行为给其他干警和参与普查的同志们做了榜样。平凡的生活里像吴学林这样的人就是我们身边的英雄，有危险有困难他们总是冲锋在前，从不退缩，他们的字典里没有"害怕"没有"困难"，只有"冲、冲、冲"！到最危险的地方去，到一线去，吴学林总是身先士卒，在他的带领下，解放西街派出所在用一个所的警力担负两个所的防控重任的情况下，疫情防控工作开展得迅速而成效卓著。

　　张月梅大年初一早早地来到了派出所。今天是她值班，她到岗没多久，所里就下了通知取消所有休假，要求全员全天在岗。张月梅趁着空隙给女儿发了信息，让她自己在家好好照顾自己：爸爸和妈妈回不了家，你要好好待在家里不能出门。孩子奶奶家没有电脑，女儿吃完了初一的饺子就回了自己家。所里的厨师过年休假回家了，一时半会儿来不了，外面的餐厅全部关门，所长让张月梅掌勺给大家做一顿好点的饭菜，毕竟是大年初一嘛。张月梅说："大伙也就那天中午吃了一顿好饭，后面的日子不是泡面就是盒饭，我这个有糖尿病的人，有很多要忌口的，忙起来饥一顿饱一顿的，有时候忘了打针，血糖就'噌噌噌'地升，后来自己设了个闹钟，提醒自己打针，这个时候可不能倒下给大家添乱。"

张月梅是所里的老民警，手底下都是才工作几年的小徒弟，她对片区的小区环境和居民情况十分熟悉，离了她工作还真是难开展。分组划片的时候，张月梅主动选了离家远、环境复杂、人口多的西关社区，这个社区有全市有名的"茶楼一条街"，大部分居民楼都是旧小区，独栋独院的很多。"有的小区比我还老！"张月梅笑着说。她说，其实南苑社区离她家很近，出门不远就是，她舍近求远就是想把容易管理的新小区留给年轻人，他们经验少，张月梅说："他们一口一个姐地喊我，其实他们和我女儿的年龄也差不多，有的刚成家孩子还小，有的还连家都没成。他们就像我的孩子一样，心里就想着不能让他们出事……

"其实，我可以不做社区民警的，我的身体也不好，可以做其他轻松点的工作，可是我这个人闲不住，从小喜欢有挑战性的工作，社区工作又苦又累，可我不怕苦不怕累，我觉得社区工作是最能出彩的……"

"2月4日那天女儿给我发微信说她好像发烧了。我忙得昏天黑地，哪里顾得上她，只匆匆忙忙地嘱咐她按时吃药，小感冒没事。后来，我就忙忘了。孩子从小我带大的，一般有啥都给我说不会给她爸说。我们从年初一分开，她就一直一个人在家，我们几乎没管过她，再说也忙得顾不上。她从小就独立，我们也不太担心她，我们家就这样，都习惯了。后来，过了一周，我把她发烧的事早忘到九霄云外了。10号，孩子突然打来电话：'妈，你管不管我了？我烧到38.4℃了！'我这才慌了神，持续发烧这么久，又这么高的温度，能不害怕吗？所长派车送我回去，一路上我脑子就在想，孩子从南京回来就没接触过疫区的事和人，不会是新冠肺炎的。孩子爸中间好像回家取过一次衣服，他天天在一线跑，难道是老吴传给女儿的？我真是不敢再往下想，眼泪哗哗地流，同事一个劲儿劝我说，姐，肯定没事，你别太担心了！

"接上女儿就往医院赶，一路上，女儿拍着警车的座椅说：'妈妈，你们的新警车真棒！''妈妈，我这待遇是不是赶上你们所长了！'我知道女儿是在安慰我，我也强挤笑容配合她。到了医院，孩子就被带到了发热门诊，医护人员不让我们家属再跟着，他们穿着防护服带着孩子进行一系列检查，我几次提出要交费，他们都说不用不用，全是免费的。虽说一分钱不花，可我心里难受。孩子做了两次核酸检测后，医生让留院观察。这个时候我们所长也赶来了，他和老吴很熟，说要不要给老吴打电话说一声。我说不用，他那边离不开。我们所长最后没听我的，背着我给老吴打了电话。老吴是凌晨赶到的，他一来我就绷不住了，只是哭。他毕竟是男人，遇事沉稳，安慰了我一番说，别怕，女儿就是感冒，不会是新冠肺炎的！我一听这话火上来了，冲他喊：'是你，就是你，天天往病区跑，把病毒带回了家！'老吴听了我的话，头一下子低了下来，背转身抹眼泪。话说完我就后悔了，可当时怎么也没忍住。他够苦的了，胡子拉碴、邋里邋遢的没个样子，我们所长就把我说了几句。女儿出来了，我们都没再说话。

"女儿被安排到回感染科隔离病房的车上，就发信息问我：'妈妈，我是不是被确诊了呀？妈妈，我害怕！'老吴赶紧给女儿打了电话，说，傻孩子，你要是确诊了，爸爸妈妈不也得隔离，还能继续上班吗？好说歹说总算把女儿安抚下来安心治疗。第二天早上，医生打电话给我，说孩子是感冒引起的普通肺炎。

"我们西关社区这次在疫情防控中表现突出，管控有效，多次受到了上级表扬，我们推出的'西关入户模式'还被分局在全局推广。"

"当了社区民警，我就想着要和老百姓拉近距离才能更好地开展工作，没事我就学各种方言，什么陕北话、河南话。之前有个小伙子来办事，一口河南话，见了警察紧张得语无伦次，我赶紧用河南话和他聊，他立马就放松了，很快办完事走了。这次疫情来势凶猛，我常向老吴请教，我们两个有点时间就交流一下工作经验。老吴管的辖区比我大好几倍，我都苦成这样，可想而知他那儿有多苦。但他从来不跟我喊苦喊累。那天视频，他说：'老婆，给你看个好东西。'他把脚抬起来，他的袜子磨破了两个大洞，没了后跟。我说：'你看看你个大所长，丢不丢人，穿个破袜子到处跑。'其实我心里挺心疼的，可见他一天得走多少路。

"他知道我是心疼他，对我说：'我这不是傻，咱俩都是党员、是警察，你忘了当初咱们是怎么在党旗、警徽下宣誓的了？保家卫国不是咱的使命吗？这不是咱们应该做的吗？再说了我这个当所长的不以身作则往一线冲，让底下的干警怎么看，队伍怎么带，这病毒还能有希望打败？'他的话说得我脸红，我和他一样是党员、是警察，只不过他是所长我是兵，觉悟还真是不一样。疫情最严重的那个阶段，老吴的朋友看他实在太辛苦，也帮不上忙，就给他们所里捐了50桶50斤重的84消毒液。老吴二话没说给局里打了报告，让局里分配这些物资。像他这样的人，在我心里才是真正的共产党员！"

如果说爱是"执子之手，与子偕老"，那对于吴学林和张月梅这样的双警家庭而言，爱还包含了夜以继日的坚守、聚少离多的酸楚和舍小家为大家的奉献。在这次疫情防控中，吴学林所在派出所的一个民警被评为银川市最美抗疫青年；三个民警、一个辅警获得了银川市公安局兴庆区分局嘉奖。张月梅也因为成绩突出获得了银川市公安局兴庆区分局嘉奖。大家都奇怪吴所长怎么没有受到嘉奖呢？张月梅骄傲地说："他啊，给他他也不要，他全让给所里的民警、辅警了！"

张月梅说："我们两个都不是那种浪漫的人，可我觉得最浪漫的事就是能和他一起并肩作战。"

在武汉，我把这辈子所有的本事都用上了

2020年1月25日，大年初一，谢晓敏跟其他医生一样接到通知准时返岗。就在当天，医院号召医护人员报名参加援湖北医疗队，谢晓敏也报了名。

"如果需要我，我可以尽我自己的一份力。"1月28日，银川市第一人民医院20名医护人员成为宁夏第一批援湖北医疗队的队员，他们出征后，谢晓敏找院领导说出了自己的意愿。

2月16日，接到上级部门通知后，银川市第一人民医院开始组建队伍参加宁夏第五批援湖北医疗队。"有可能真有需要我的地方，我希望能去，我年龄虽然大了，毕竟经验还是有的。"在得知第五批援湖北医疗队即将出发时，谢晓敏向院领导重申了她的想法。

　　正如谢晓敏所想，因为年龄原因，再加上这次援湖北医疗队队员主要侧重于呼吸科、急诊科和重症科室的医护人员，2月17日，医院办公室突然通知谢晓敏参加第五批援湖北医疗队，准备出征。接到通知后，谢晓敏一晚上没睡着觉，她一直在想，到抗疫一线后，她该怎么做。多年的临床经验，让她不由就进入了"战备"状态。谢晓敏在大学学的是公共卫生专业，多年前在内科呼吸科的临床积累的经验，在内分泌科近18年科室主任的历练，特别是17年前，参与抗击"非典"在发热病房工作的那几个月的特殊经历，一幕幕在脑子里闪现，令谢晓敏无法入睡，兴奋之余，她也在不断地梳理和细化着自己的应战准备。

　　然而就在临走前一天晚上，2月18日，谢晓敏又接到通知说不用去了。谢晓敏一时有些失落。2月19日上午，医院召集所有出征人员进行院感培训，谢晓敏仍像以往一样，在内分泌科门诊留守值班，却意外地发现自己被拉进了援武汉医疗队微信群。这时候，谢晓敏才知道，院领导出于这次出征所有医护人员的安全和管理等综合考虑，特别是考虑到谢晓敏的临床经验和科室主任多年的管理能力，最终决定让谢晓敏带队。

　　虽说来回折腾了好几次，但谢晓敏终于踏上了征途。

　　如果说零死亡率是对医者仁心的考验和要求，那么零感染，是对所有出征队员的安全命令，更是后方的拳拳嘱托。谢晓敏就是身负这份使命和嘱托，带着本院25人，跟随第五批援湖北医疗队到达武汉。

　　2月21日，到达武汉后的第三天，谢晓敏被任命为武汉市中心医院发热十六病区医护组组长。

谢晓敏所在的第五批援湖北医疗队，接管的是武汉市中心医院后湖院区的发热病区十六区。武汉市中心医院是武汉十家新冠肺炎定点诊疗医院。对宁夏第五批援湖北医疗队所有队员来说，接管这一病区，意味着前所未有的考验，无疑是重任在肩。

进入病区前，谢晓敏最先做的事情，就是优化流程和对医护人员合理组合。护理队实行小组制，护理人员120人，分为9组，各组都由曾在本院任过护士长、有过多年临床护理经验的老护士担任组长、副组长，由他们再根据各组人员进行合理搭配。最难的是医疗组只有15个人，和一般都在20个医生以上的其他病区相比，显得少了一些。

2月27日，谢晓敏带领15名大夫和120名护士顺利进入病区，当天从甘肃援湖北医疗队手中接管了12个患者之外，还收治了7个患者，井然有序地展开了医治工作。

每天上午，谢晓敏带着病房医生穿着防护服查房，针对患者每天的情况，用对讲机直接下医嘱，11楼的医生就可以直接按医嘱把控操作。进入病房的所有医护人员都是穿着防护服的，11楼的医生相对来说是处于一个正常的环境和工作状态，这样就能快速下医嘱，很方便。每天由2名医生专门对所有患者的治疗做质量把控，这样就保证对每个患者医治的精细化和准确率。

最重要的交接磨合阶段顺利过渡。

"一切都没有出我的预判。"说起自己在武汉期间的工作，谢晓敏满是自信和骄傲。3月1日，宁夏援湖北医疗队进入病区的第四天，国家监察组来武汉市中心医院检查工作，对宁夏医护人员高度肯定，说医疗护理都做得非常到位、非常规范。当然，除了监察组外，患者对宁夏医护人员的评价让谢晓敏和队里每个医护人员尤感欣慰。"患者说，宁夏的医生太好了，你们就是我第二次生命的缔造者。患者基本上都是六七十岁的老人，他们说出这样的话，我就觉得这对我们是最大的激励。苦一点都没什么。"

谢晓敏每天穿着防护服，在病房里待6个小时。开始的两周时间，所有的医生都是超负荷工作，15个人分5组，一人上6个小时班，下夜班只休一天，如果是后半夜的班，就在病区待着，一直到早上。

最初进入病区的这段日子是谢晓敏最忙最累，也是最操心的时候，谢晓敏每天都要吃预防心脏病的药。美托洛、通心络，等到了在病区工作的第十三天，她一天要吃5次药。

对谢晓敏和医疗队员们来说，十六病区的患者，不管是轻症还是重症，除了治疗上针对每个病的精准施救，最难的、是最持久的是对患者的心理治疗和护理。

谢晓敏说："'话聊'是我们内分泌医生最擅长的。慢性病、老年代谢病，这些都需要话聊，通过话聊对患者平时的生活方式进行干预，需要给患者说很多，提醒他注意的事情，这恰恰也是我的一个优点。"进入病房后，第一天的话聊就挺有效的。话聊要求医生说的可不是医学术语，而是一些更生活化的话，更具有情感色彩的话。在谢晓敏看来，作为一个医生，除了专业技术，人文关怀、心理支持，在这次疫情期间的患者救治中同样是非常重要的。

有一个男性患者，因为心脏本就不好，体重以前170斤，谢晓敏接手这个患者时，耗得只剩100斤了。医疗队的队员们包括谢晓敏就把发给自己的给养，比如奶粉、蛋白粉，还有水果等，带给这位患者吃。在这个时候，患者们的亲人不在身边，这些在医护人员看来很小的举动，却让这些与病毒胶着了一段时间、心力体力都处于崩溃边缘的患者们感到巨大的温暖和支持。

随着时间一点点过去，看着十六病区的患者渐渐好转，谢晓敏更加充满信心。

在最初进入病房的十天，谢晓敏没有休息时间，而且每天在病房的时间都在6个小时左右。为了让自己的身体能够应付，她每天提前2个小时要吃超过500克含水的食物。

谢晓敏说着说着笑了。这次在武汉，她把这辈子所有的本事，不管是工作上的经验，还是生活上的经验，全用上了。

62张工作清单

2020年1月23日上午9：30，银川市银古路街道办事处迎宾社区党支部专职副书记王富永按照前一天的通知，准时来到银古路街道办事处。平常，街道办事处每周一下午开一次工作安排例行会议，时间在四十分钟到一小时之间，会议内容主要是下达上级近期的工作安排，遇有紧急事务，才会加开会议。这一天的会议属于临时通知，所以，这天上午，当王富永看到一同被召集来的其他社区居委会负责人脸上的神情，便意识到今天的会议非同寻常。果不其然，这天上午的会议气氛十分紧张，时间也比以往要长。会议的主要内容是布置新冠肺炎疫情防控工作，社区必须马上做好防控准备，立刻对居民小区所有人员聚集、人流量大、易感染的公共场所进行消毒；

谨慎传播和处理疫情消息，不要给社区居民造成心理上的恐慌。

街道办事处距离王富永所在的迎宾社区最多300米，从办事处出来，55岁的王富永走得既匆忙又沉重。王富永边走边摸出手机，点开微信，在社区居委会群里发了一条信息，把刚刚结束的街道办事处的会议内容与要求，告知共建群里的居委会工作人员、物业公司、幼儿园负责人，以及辖区内单位与企业的负责人。

银古路街道迎宾社区居委会位于银川市东大门，成立于2003年，辖区面积1.7平方公里，居民有4 000多户，人口近万人，下辖颐园小区、民乐家园、建博花园3个居民小区，3个小区分别有3个物业公司。

回到位于建博花园内的社区居委会之后，王富永立刻召集全体工作人员和三个物业公司，专门针对排查和消杀工作开了一个分工会议。会上，王富永所能想到的消杀场所主要是楼道，以及健身器材和垃圾箱等公共设施，他把这项工作交给了物业公司。社区工作人员则按人头分配了排查包括湖北在内四个重点地区返银人员的任务。

1月23日下午，迎宾社区的三个居民小区的物业公司开始对公共设施、单元楼道以及电梯门进行消毒。王富永往返于迎宾社区的三个小区之间，跟着物业公司派出的消毒员，在各个消毒点监督消毒。这件事他没有交给别人去做，头一次消杀，他要保证不漏掉任何一个消杀点。这之后他回到迎宾社区居委会，居委会多数女同事都已回家，是他让她们抓紧时间赶快回家去忙家务的。在办公桌前坐下来，王富永拿起桌上的一张用过的A4打印纸，在纸的背面写道：

1月23日上午9：30，银古路街道办事处召开会议，关于新型冠状病毒疫情信息发布（提出）要求，以官方为准，不允许传播谣言。当慎重对待此事。

社区安排各物业公司首先对楼道、电梯、公共设施等进行消毒。

1月23日晚上9点左右，王富永打完最后几个工作电话，又看了看写好的工作日志，心头的压力丝毫不曾减轻。明天起，也就是大年三十，迎宾社区将完全进入疫情防控期，除了消杀和守好小区人员进出大门的工作，他得想办法为居委会同事配备应急需要的口罩、手套、消毒液、测温枪等防护物资。

接下来的几天，王富永写在那些废纸背面的内容也越来越多，越来越细致。

从1月23日到3月28日，王富永的办公桌上已经有62张在废纸上记录的"工作清单"，加上另外那些记在笔记本上的每周三次的会议记录，这些简略、庞杂又琐碎的日志，既是王富永60多天的抗疫备忘录，又是迎宾社区这期间的抗疫工作指南。62张纸上多数都写得满满当当，越是防控任务吃紧的时期，日志记录的内容就越多、越琐碎。

根据清单上列出的工作条目，从1月23日到3月28日，王富永每一天的工作时间都从7点排到了22点。而王富永和他的同事们实际上每天所做的工作已经远远超出清单所列出的内容。比如：网格员李静雯入户摸排调查的时候，被居民斥责为有传染病，回到社区居委会后，她会忍不住把心头的委屈向王富永倒一倒；年轻的张咪承担着500多户居民的入户排查工作，颐园小区的居民楼没有电梯，楼高七层，事后回想自己上上下下爬过的台阶，她都不知道自己是怎么坚持下来的；社区居委会每位工作人员每天平均要接打10到12个小时的电话；有居民在凌晨4点钟给王富永打电话，要他天亮后给他买一袋昊王大米……

整齐码放在办公桌上的工作清单还在增高，疫情没有结束，它们会一张张日复一日地摞上去，直至病毒完全退散。偶尔，王富永会在短暂的工作空当里瞅一眼这些因为写满字迹而变得皱巴巴的纸张，心中会升起一股踏实与充实感。当人们回首这段经历时，这些写满字的纸张，会成为一份珍贵又确凿的历史档案，留存在时间的长河中。

"定海神针"教研员

宁夏回族自治区教育厅一楼一个很容易就会被忽视的拐角，有一间"磨课室"。早上7点多，几位教研员和将要录制《空中课堂》的老师已经在这间磨课室讨论工作了。这样的临时磨课室有很多个，这一间原本为电教室的大房子在疫情发生后，临时被用作初中语文《空中课堂》的磨课室。

教研员，这是个神秘的职业，对很多人来说都是陌生的。家长和学生们知道学校有各科老师、班主任、教导主任、校长，教育管理部门有厅长、局长等，但很少听说过还有"教研员"这样一个职业称谓。

教研员作为学科教学中坚骨干分子，指导任课教师任课，也是学科教研当然带头人物，是将课程目标落到课堂教学中的关键人物。教研员起着引领和指导教师将课程教学目标贯彻到每一节课中的重要作用。因此，对教研员会有与其他教师不同的要求和任务。

教研工作是保障基础教育质量的重要支撑，对推进课程改革、指导教学实践、促进教师发展、服务教育决策等，发挥着重要作用。教育部2019年11月29日举办的新闻发布会上，首次明确了教研员应具备的基本条件，包括政治素质过硬、事业心责任感强、教育观念正确、教研能力较强、职业道德良好等五个方面，其中，教研能力较强主要包括教育理论功底扎实、教学经验丰富等要求，同时提出要建立教研员定期到中小学任教的制度。

对一线教师来说，教研员就是老师的指导老师，教学内容、教学安排、考试考查等工作都由教研员来指导，他们就是老师和学校的"定海神针"。这次宁夏初中语文学科《空中课堂》的录播，教育厅语文教研员安奇老师从组建队伍到具体安排，从备课磨课到试讲录课，从课件到文字，从标点符号到文章段落，从教学设计到教学实施，一直坚守在每一个阵地。一个教研员要面对很多个老师的课件设计，要指导"磨"好很多堂课。授课的老师，录完了还可以轮换着休息、喘口气，而教研员必须日日坚守，安奇老师连续60多天没有休息，更没有时间陪伴和辅导正在准备高考的女儿。

从2020年1月底学校开始组织老师们加班加点磨课、录制课程，教研员们没有周末。很多个晚上，教研员们下班时夜已深，十一二点回到家自我隔离于一室，如果有老师发来课件，他们还要当即回复、指导。第二天，又是连轴转，一天能指导三四个老师"磨"一遍他们准备要录制的课程，而家长和学生看到的每一节二十分钟的《空中课堂》，都要"磨"七八次甚至十多次。

兴庆区教育局语文教研员王敏老师，年轻老师们都叫她"王妈妈"。年过半百的她今年春节前刚得了小孙子，媳妇还在坐月子。接到录制《空中课堂》的任务，家里人都很理解，全力支持她的工作。王老师业务能力强，很有亲和力，看到她亲切的面容，一些熟悉她的老师就像吃了一颗定心丸。帮年轻老师磨课时，王老师盯着电脑亲自动手修改他们的课件，累了甩甩手臂，接着再干。她还把自己的职业装拿到录课室，热心帮助老师们搭配出镜的服装。有几位老师不会开车，她绕路送他们回家。年轻点的老师不好意思麻烦她，跟她客气，她说："为你们服务是我的职责。"

金凤区教育局语文教研员李冬梅老师，家有中考生。自从开始忙于《空中课堂》的工作，几乎就没有在家做过一顿饭。有那么几次，孩子嘀嘀咕咕跟她抱怨说，妈妈根本靠不住，还不如"方便大妈"呢。李老师没有在意，也是忙得没有顾上细听多想，还以为是儿子沾了哪位邻居大妈的光蹭到热饭吃了。直到她有一次顺口问了一句，方便大妈住几楼几号？儿子才说，方便大妈就是方便面大妈啊。

在初中语文教学这一块，还有参与录课的教研员马晓娟老师，每日开一个多小时车从永宁县、西夏区赶来做指导的步正军、张毅老师。和他们一样奋战在各个磨课室的各科教研员，都过着紧张而忙碌的空中教学生活，都在为了让孩子们在家不停学而默默努力，不顾个人安危、毫无怨言地付出。

掌政中学的曾老师记得很清楚，她是1月30日上午接到安奇老师的电话通知的。安老师询问她能否参与教育厅教研室组织的《空中课堂》的录播工作，小曾爽快地接受了任务。放下电话，她立即通过视频和母亲沟通：明天去接母亲过来帮她带孩子。母亲答道："去帮你带娃没啥问题，可你这两天出去上课是不是太冒险了？娃们毕竟还小，你应该再认真考虑一下。"

说到孩子，小曾的内心不禁有些紧张。她的孩子确实还小，儿子四岁多，女儿不到一岁，还在吃奶呢。可疫情防控期间即使停课也不能停教停学啊！在她心里，那么多学生也"嗷嗷待哺"，家长们都寄希望于《空中课堂》呢。作为教师，自己应该有担当意识，应该为抗疫和复工复学作出应有的贡献。想到这里，小曾坚定了自己的选择。

2020年2月1日，安老师通知小曾等录课的老师，2月9日要录制的三节课调整到2月3日了。时间紧任务重，小曾不免有些焦虑。王敏老师安慰她："不要有压力，就是常态课，把知识点讲解清楚就可以了，我会24小时在线为你答疑解惑。"

在录课的间隙，教研员们抓紧时间带着授课老师反复磨课。这一环节是录课老师最期待的，通过磨课他们不仅可以完善自己的教学设计，还可以学到很多新的、先进的教育教学理念。通常情况下他们都是早晨8点到教育厅开始试讲，然后由各位教研员对他们的教学设计进行研磨。等所有老师都试讲结束后，往往已是深夜十一二点了。北塔中学的赵老师感叹道："十来天的时间录七八节课，精神高度紧张，每天的睡眠时间不超过两个小时，但是从来没像现在这样自豪过。当然，教研员比我们还辛苦。疫情当前，我们虽然不能像医生去一线冲锋陷阵，也不能像科研工作者投入研究抑制病毒的药剂，但我们可以通过优质的课堂告诉我们的孩子：将来要成为一个有大爱有大义有专业有贡献的'钟南山'！"

银川市回民中学的韩老师在录制《抓住细节，作文点评》一课时，虽然对讲课内容已经烂熟于心，但在陌生的镜头前、闪亮的聚光灯下，她不由得十分紧张，想起录制前刚替换了一张幻灯片，心更慌了。老师毕竟不是主播，由于缺少训练，越慌越容易出错。录制一开始，韩老师就出现了一个口误，她提醒自己别慌，可是没几分钟又开始卡壳。这让她感到焦急、沮丧、羞愧，只好暂停录制。旁观的安奇老师站起身来，平静地对小韩说："别着急，慢慢来。"他走到白板前，一边讲一边画，帮她一句一句理清了思路。韩老师的心绪开始平静下来，最终顺利完成了录制。

疫情防控期间，各项工作要顺利开展，很不容易。教研员既是"老师的老师"，也是他们的主心骨。担任着督导、服务工作的教研员面临的问题是前所未有的复杂、多变、"新颖"——不止此次疫情是百年不遇的，教学方式的转变，教学场地的变化，也是历史上的首创！毕竟，之前网络教学只是作为传统校园教学的补充而已。

第一期的课录完了。通过参加《空中课堂》讲课，小曾、小韩等年轻老师对于教师这个职业有了更深的认识。"我们的职责不仅是在当下对于疫情的防控，更在于去培养一批未来在任何困难下都能挺身而出的有爱心、有勇气、有气魄、有担当的大写的人。"参与首期录课的老师们长长地舒了一口气，可以稍作休息了。后期的审核工作由教研员完成，他们不能休息，每一个科目，老师们录好的几十节课，教研员要一节一节地严格审核。紧接着，还要准备后面的录课工作。当家长和孩子们通过网络认真聆听和收看一堂堂精品课程时，不会知道屏幕后面教研员们是如何工作的，这些隐姓埋名的"定海神针"，默默地诠释着教育工作者的担当与责任。

尽最大努力帮助有困难的人

2020年1月24日，国家卫生健康委高级别专家组在接受新闻采访时一再强调，病毒开始扩散，各地已经出现输入型病例，普通人预防病毒的办法就是戴口罩、少出门、勤洗手。于是，取消出行计划，待在家里就成了很多人度过危险期的首选办法。只是，当大多数人闭门不出的时候，另一些人就必须走出家门，去为这些在家的人们提供生活服务，进行医疗援助、秩序维护和心理疏导。

同日，宁夏团委发布《宁夏青年防疫志愿者招募令》，1月27日，宁夏团委再次发出致宁夏各级团组织和广大团员青年的倡议书——《凝聚青春正能量　打赢疫情防控阻击战》。疫情危急，这两份相继向全区青年发出的号召与倡议，在1月29日这天被固原市原州区水务局24岁的办公室文秘白司童看到了。仔细阅读了招募令和倡议书之后，白司童按捺着内心的急切，按照文中所要求的程序，在网上填报了个人资料，然后上传等候自治区团委的批复。疫情发生后，白司童就在想，除了保护好自己，他还能做些什么，自己不是医护人员，也不是公安民警，不能贸然行动，以致给防疫工作添麻烦，所以他一直在等，在等一个需要他的机会和岗位的出现。

白司童出生于1996年12月，2018年6月毕业于湖北武汉国土资源职业学院。白司童经常参加一些志愿服务活动，比如去福利院给小朋友讲故事、帮助生活不便的孤寡老人等。白司童觉得帮助有困难的人，是他生活里一件自然又必须的事情。大学毕业回到固原，上班不久，白司童加入固原市蓝天救援队。蓝天救援队的公益活动让白司童得到了锻炼，也深受感染。

疫情到来之后，白司童和父母聊出去做志愿者的事情，父亲的一句话让他吃了定心丸。白司童的父亲说，疫情防控期间，坐在家里也是为国家作贡献，但是如果人人都坐在家里，病毒是消灭不了的，必须要有人走出去为社会为大家做些事情。

自治区团委很快通过了白司童的申请。根据属地管理的原则，各地志愿者由各地团委统一安排入职。1月30日早上不到9点，白司童来到固原市原州区团委，和他一同来到团委的志愿者有将近40人，其中有不少大学生，不少人也都是蓝天救援队的队员。上岗之前，原州区团委邀请专业医护人员对包括白司童在内的志愿者进行了岗前培训，之后分组分工。白司童被分在了"病菌消杀突击队"，鉴于他已经具备相当熟练的救援经验，于是被任命为该突击队队长。

　　培训结束后，各队即刻开始工作。"病菌消杀突击队"的主要作业范围是无物业老旧小区、棚户区、机关单位、幼儿园、学校和菜市场。这段时间，全国的防护物资都很紧缺，尤其防护服，各地都在支援武汉和一线的医护人员。但又必须做好志愿者的防护工作，于是团委想了个办法，用雨衣替代防护服。1月30日上午11：30，白司童身穿绿色雨衣，戴着防护镜、头套、口罩和手套，背着装满50斤消毒液的喷雾器，来到固原原州区古雁街道瑞丰小区。这是他负责的第一个消杀点，楼梯、楼梯扶手、居民入户门门把手、健身设施，人员易聚集区域……都是主要的消杀目标。一天下来，白司童与他的伙伴一共消杀了4个无物业老旧小区。

　　首次做消杀工作，白司童没有足够的经验，他由下而上、一层接一层喷洒，以至于工作到顶楼，浓烈的氯气气味已经让他眼睛流泪，更无法呼吸，每换一口气，鼻腔、口腔、喉咙都仿佛被浸满消毒液的刷子用力刷过，干辣辣得疼。有了第一天的教训，白司童调整了喷洒消毒顺序，改为从楼顶开始、逐层往下的作业方式，这样就减小了消毒液对自己的刺激，一天下来也没那么难受了。当然，还有更让他高兴的事，有一天，他和伙伴正在小区里做消杀，一位女性打开窗户，用固原当地方言冲着楼下的他们大声呼喊："感谢志愿者，感谢你们为大家做的好事！"听到这声感谢，白司童觉得背上背的不再是50斤重的消毒液，而是一双可以让他飞翔的翅膀。

　　2月12日，像往常一样，白司童在上午9点做好消杀准备工作，他们的消杀设备和物资已经比前期更专业更充足，专业的防护服已经替换了雨衣，弥雾机也替代了原先的喷雾器，防毒面罩替换了原来的一次性口罩。下午3点，白司童来到原州区法院做消杀。站在二楼通往一楼的台阶上，白司童的防毒面具内侧已经挂满水雾，防护服的每一个透气口都被扎紧，一直出汗的身体这一刻已经让他的呼吸越发灼热，他一再感到自己喘不上气来。楼道里光线很暗，水雾几乎遮住了白司童的视线，他一边喷洒药液，一边提醒自己小心脚下，但意外还是发生了，突然，他脚下一空，身体一歪，整个人滚翻在地，眨眼间从2楼摔在了1楼的楼梯下。白司童被摔蒙了，他坐在地上，定了定神，再低头看看怀里的弥雾机，庆幸自己在踩空的一瞬，脑子没乱，没管自己会怎么摔下去，而是紧紧抱住了这台二十多公斤重的机器。在伙伴的帮助下，白司童从地上站了起来，他试了试怀中的弥雾机，确定它没有被摔坏，便跛着脚，回过身走上楼梯，直到完成剩余作业面的消杀。

由于右脚脚背轻微骨裂，白司童只能在家休息。白司童没想到自己会出意外，更不希望因为自己的身体原因让大家分担他的那部分工作。他认为，既然是自己的工作，自己就得做完它。于是，仅休息5天，2月18日，白司童又回到了"病毒消杀突击队"……

怕什么，我们是"万能"的蓝+蓝

"新型冠状病毒肺炎主要是通过呼吸道飞沫传播和密切接触传播，大家要做到出门戴口罩，在家多开窗通风，平时少扎堆、勤洗手……"楼下传来了张美霞略显沙哑的宣传防疫知识的声音。

"妈妈，快来看，那个警察阿姨又来了……警察阿姨……"楼上传来了一声稚嫩的呼喊，张美霞抬头看见一个女子站在窗前抱着娃娃向她挥手，张美霞认识这个小男孩，她辖区里的每一个人她都记在心里。小男孩从小喜欢警察，疫情防控期间出不了门，每天张美霞的大喇叭一响，小男孩就会在窗前大声喊她"警察阿姨"。

张美霞是吴忠市公安局利通分局板桥派出所一名普通的社区民警。1996年，张美霞大学毕业，怀揣着少女的梦想加入了公安队伍。

张美霞当时对"公安"的印象都是戴着大檐帽，穿着警服，威风凛凛的样子！真正进了公安队伍，成了一名社区民警，才切身体验到了警察那些面上威风背后的苦辣酸甜，那些不为人知的辛劳、委屈。张美霞所在的板桥派出所管辖面积约38平方公里，下辖11个行政村，2个城镇社区。其中张美霞自己分管的警务区下辖行政村4个，居民小区22个，学校11所，宾旅馆、网吧等重点场所23家，共有3万余人。从警24年，张美霞从一个青涩腼腆的"小民警"成长为今天把辖区几万人管理得井井有条的"老民警"，辖区里的一草一木、一人一车张美霞都做到了心中有数。她是群众眼里的贴心人，而这些的背后是张美霞无数个夜以继日的付出。张美霞说："'上面千条线，下面一根针。'我就是咱老百姓与党和政府之间穿针引线的那根针，社区工作忙、杂、苦、难，可做好这根针，就是我的本分，我的责任。"

2020年的春节，对于中国人民而言是不平凡的、难以忘记的。老民警张美霞从接到疫情防控命令的那一刻起，就像一个陀螺般转个不停，她的电话成了"10086"，24小时响个不停。

2020年1月23日（腊月二十九），张美霞的手机一直"嗡嗡嗡"地震动个不停。所里紧急召开有关疫情防控的会议，正在开会的张美霞顾不上看信息，会议精神张美霞一个字都不敢漏。居民区是疫情防控最关键的地方，小区防控是切断病毒传播最有效、最直接的手段，张美霞边记录边意识到自己这次肩上的责任重大，容不得半点马虎。会议结束后，张美霞开始看手机。她的手机里有近40个工作群，现在，每个群里的人都在呼唤张警官，询问的事情全是有关疫情防控的。稳定民心，刻不容缓！张美霞立刻在各个群里发了有关疫情防控的相关知识以及疫情的最新进展，并告诉大家：科学防疫，不信谣、不传谣，自觉居家不聚集，出门戴口罩，进门勤洗手！看了张美霞的话，群里的成员渐渐平静下来，都表示会配合政府的工作。放下手机，张美霞想这只是辖区内的一部分居民，还有很多不识字、不用手机的人，他们也不能落下！这就有了文章开头张美霞拿着大喇叭在小区宣传的场景。

每天重复喊了多少遍同样的话语，张美霞没数过；来来回回走了多少路，张美霞没算过，到后来脚疼腿疼嗓子疼浑身都疼，有时候打电话的时候突然就说不出来话、发不了声，但张美霞一句怨言都没有。她说："和医生护士比起来，我这不算啥。我只有做好小区的疫情防控工作，才对得起他们的辛勤付出。"

1月24日（大年三十），一大早出门的张美霞做完社区防疫宣传已到中午，她又匆匆忙忙赶回家准备做年夜饭。张美霞的爱人张志刚是利通分局国保大队的民警，他们家是警队里的"蓝＋蓝"——双警家庭。按照原计划，今天张志刚值班，明天年初一张美霞值班，夫妻俩错时值班，留一个人在家陪孩子和老人过年。从结婚到现在，吃上大年三十的团圆饭对于他们而言比中彩票都难，不过他们早就习惯了。做好饭，张美霞想给丈夫打个电话询问一下他那边的情况，但一想丈夫的工作特殊，有着严格的纪律要求，就打消了念头。

和张美霞料想的一样，张志刚已经提前一周投入到了抗疫行动中。大年三十，张志刚值班。大年初一中午，一天一夜没合眼的张志刚拖着疲惫的身子回到了家里。从他进屋，张美霞的手机就无时无刻不在响，派出所、社区全都要求协助、配合工作，群众也时不时打电话进来求助。张志刚知道疫情的严重性、紧迫性，他帮着妻子抓紧准备了年初一的饺子。张志刚笑着对妻子说："咱们这个家除了这点饺子像在过年，再哪有一点过年的样子。""这还不满足啊，武汉人民咋过的你不知道啊？别说这些没用的了，你抓紧时间给我讲讲后面我们社区防控该注意些什么，重点怎么做……"吃完饭，张美霞碗一扔就去街上继续巡逻检查昨天要求关闭的营业场所有没有按规定执行。从吃完这顿年初一的饺子，张美霞和张志刚几乎再没有在家碰过面，夫妻二人"夫唱妇随"，双双全身心地投入到紧张的疫情防控工作中去了。

"要讲卫生，勤洗手，疫情防控期间不乱走动，不聚集，出门要佩戴口罩……"张美霞一边巡逻检查一边用大喇叭做疫情知识宣传，走到哪儿喊到哪儿，引导周边群众正确认识疫情，进行科学防护。其间，女儿打来电话问她什么时候回家。她安顿女儿自己照顾自己，她忙得很，不知道啥时候能回去。女儿说："爸爸也早跑去单位了，没事，你忙吧妈妈。"女儿已经大二了，可以照顾自己，就是大过年的让孩子一个人在家，她心里还是有点不落忍。可一忙起来，她就忘得一干二净。

1月27日（大年初三），上级下达了通知，要求所有小区封闭式管理。张美霞接到通知后，先在网上第一时间通知了各个社区、小区的管理员，又电话联系社区工作人员一起督导检查各小区封闭情况。每个小区只留一个出入口，搭建帐篷，设置疫情防控卡点，进出入员必须登记、量体温，严格控制人员外出。紧跟着她们开始了大排查工作，要对辖区内所有住户来一次全覆盖拉网式排查，做到"不漏一户、不漏一人"，边排查边开展疫情防控宣传，一举两得。"疫情刚开始的时候，我排查了15个小区，有些老旧小区没有电梯，都是从一楼爬到五楼、六楼，现在看见楼都怕了。"张美霞说。

张美霞做事认真仔细，排查时更是细之又细，凡是她排查核实过的信息，翻开记录册一目了然。张美霞说："我做的不是简单的排查防控，我是在做疫情和百姓之间的隔离带，要是因为我的一点疏忽对群众造成更大的伤害，我觉得就是自己工作的失职，对不起我这身警服！"疫情防控期间，张美霞一直在超负荷运转，白天排查，晚上核实录入信息，有几次张美霞因为长时间工作导致头昏眼花看不清电脑上的表格信息，有一次，同事交给她一本核实过的信息册，张美霞不放心，又亲自核实了一次，其中一名住户同事登记的信息是"人在家未出门"，可张美霞再次核实时这个人竟然在国外！想想后果，张美霞倒吸一口凉气，倘若这个人不报备从国外偷偷跑回来，那全宁夏自上而下的努力都有可能付诸东流……

这天，张志刚所在的国保大队也接到了分局设立检查站的通知，他们和治安大队一起被安排到新华桥卡点执勤。张志刚说："我是咱国保大队的壮劳力，老同志和女同志得照顾，我就被安排在凌晨1时至5时这个时间段去卡点执勤，主要就是配合交警盘查车辆，配合乡镇干部消毒、测量体温之类的工作。北方的冬天，这几个小时是最冷的时候，穿得多厚都冷。卡点上的交警有时候一值班就是一晚上，比起他们我算幸福的了。值完勤就回单位，在单位休整一下，接着正常上班处理上级部门安排的工作。白天去单位上班，晚上到防疫检查点执勤，大概持续了半个月时间，生物钟感觉彻底被打乱了。

"那天我值完勤去了单位，忙到中午忘了吃饭，下午的时候饿得不行，刚泡个方便面，张美霞打来电话。她一般不给我打电话，知道我工作特殊，再说她忙得也顾不上。电话里她给我讲了一件事，说社区给她打电话说辖区里有一户人和红寺堡已确诊病例有过密切接触，社区打电话核实，人家就是不承认。张美霞就给社区的人说她先去核实，让社区通知卫健部门。她也没喊其他人，这种事越少人接触危险系数越低。到了住户家，那人还是不承认，张美霞就耐心给做工作，后来医护人员来了，在大家的教育下，他表示安心在家隔离。我听了，对她说：'老婆，你做得很好啊，很勇敢啊。'她好像有点想哭，说：'人家来的医护人员穿戴保护措施都很到位，我除了一个口罩，就是身上这一身警察蓝。'我就知道她有点害怕，我心里也担心，可我是男人，我得给她力量，我就笑着对她说，怕什么！我们是万能的'蓝+蓝'，穿上咱这身警服啥都不怕，还怕它小小的病毒？听了我的话，她轻松了些，知道我才吃饭，又把我数落了一顿。数落完，她又去忙了。我一看，我的面都泡坨了……"

1月29日，张美霞在社区排查从武汉和疫情重点地区回吴忠的人员。下午3点多，一名工作人员在群里发了张图片，上面是一辆鄂A牌照的车辆。张美霞立即打通发图片的工作人员电话，问清楚具体方位后她迅速展开调查，通过快速联动响应，不到4点联系到了车主王某。经过张美霞的仔细盘查，王某确实是湖北人，在利通区做生意，车最近一直停放在小区内没动过，张美霞的快速反应及时消除了周边群众的恐慌。

这一天，张美霞在所里录入排查信息，突然接到社区打来的电话，说枫林湾小区一住户打电话求助社区联系医院，据这位母亲说，前几天她的丈夫和大儿子从广西运货回来，担心小区不让进，进门的时候对保安谎称从金积镇回来，保安量了体温正常就让回去了。他们回去没多久，小儿子就开始发烧，现在烧到了39.6℃，她害怕了才打电话给社区说出了实情。张美霞挂了电话立刻请示所长，她请求自己一个人去核查，多一个人去就多一分危险。所长叮嘱她多加小心，张美霞快速赶往枫林湾。社区防疫人员马芮和张美霞一起到了住户家中核实情况。

刚开始从广西回来的父子俩还有点支支吾吾，不往清楚说，张美霞一边让马芮给孩子测体温，一边给他们一家讲清楚利害关系。39.4℃！孩子依旧高烧，这位父亲终于说出了回来途中他们曾在重庆、四川等疫情严重地区停留过的事实。张美霞意识到情况严重，立刻联系医院派120来带走了这一家四口去做新冠肺炎筛查。张美霞嘱咐马芮，在这家人筛查结果出来前，不要回社区了，要先隔离自己，做好保护。张美霞给所长汇报了情况，自己也直接回家隔离，没敢回派出所。回了家张美霞直接进了自己的卧室，她提前给女儿打了电话让女儿待在自己的房间不要出来。进了卧室，张美霞给自己做了消毒，到了半夜她开始咳嗽，体温37.4℃，超过了规定温度一点点！到现在张美霞都无法形容自己当时的心情！那一刻她的世界坍塌了，她的希望破灭了，她开始责怪自己逞英雄。"所里那么多人，就你能！让你再逞强！活该！"张美霞在心里对自己骂得越狠越伤心，她不敢大声哭，怕吓到隔壁的女儿，只能默默地淌眼泪，边流泪边不停地给自己测体温，体温忽高忽低，并不稳定，咳嗽却是一阵猛似一阵……这一夜是张美霞有生以来最漫长最黑暗的夜晚，一夜难眠的张美霞熬到天刚刚放光就出了家门，她在车里给所长打电话说了自己昨晚的状况，所长安慰她并给她打气说："不要怕，那家人还没出结果，你先去附近的中医院拍个 CT 看看。一定要沉住气！"所长的话给了张美霞新的希望，她开车直奔附近的中医院，医院给她快速拍了片子，从片子看一切正常，医生对她说，为保险起见你还是隔离到那家人出结果。张美霞没敢在医院多做停留，她回到车里等待着结果，一秒、一分、五分、十分、二十分、三十分、四十分、五十分、六十分……张美霞紧紧盯着车里的钟表，看着时间每一秒每一分地过去。"都说死可怕，等死的感觉更可怕！"张美霞无限感慨地说。当接到医院打来的电话通知她这家人筛查没有问题，生病的孩子是普通肺炎时，张美霞说："那时我在车里已经待了三个多小时，差不多下午3点多的样子，那一刻我才觉得天亮了，之前我的眼前都是黑乎乎一片，哪儿都是黑的，周围都是漆黑一片……"

对于张美霞经历的风险这么高的事，张志刚是后来才知道的，对于他们而言，这么多年为了让对方安心，一贯都是报喜不报忧，可是后怕是肯定的，但是**警察**的特殊性又让他们面对危险时义无反顾地冲在最前面。如果说特殊时期"视死如归"是一种选择，那么对于警察而言，"视死如归"是一种常态。

晚上在检查站执勤、白天在单位上班，这种日子张志刚已经坚持了近半个月时间。2月10日，上级发出新的指令，要求派出所做好辖区居民防控二维码认证登记工作。当时的派出所因为设卡、设隔离点、入户排查等原因，警力严重不足，早就在超负荷运转。上级指示国保大队配合派出所开展此项工作，张志刚被抽调出检查站，去支援朝阳派出所。扫码登记工作时间紧、任务重，给张志刚划分的小区共有46栋楼150个单元，他用一天半的时间挨个单元贴防疫二维码，并不时地对路过群众进行讲解宣传。张志刚说："我才跑了一个小区就这么大的工作量，张美霞动不动就跑十几个小区，那工作量可想而知！没有实践就没有发言权，这下子我是真领教了社区工作的辛苦繁重了。"

这个任务刚结束，利通区分局根据吴忠市公安局的工作要求，决定抽调机关工作人员配合巡警对市区进行巡逻，时间为早晨9点到晚上9点，一天12小时。巡逻工作采取步巡、车巡结合的方式，抽调的人员基本是步巡。张志刚作为国保大队最年轻的，再次被"幸运"地抽到。张志刚说："以前常听老辈人说：'我就是革命的一块砖，哪里需要哪里搬。'没想到今天的自己就是'那块砖'，这是我的光荣使命！"张志刚在巡逻中处置过硬闯小区人员，劝散过聚集人群，也碰到过向他招手致敬的群众。十天后，张志刚"这块砖"因为查办公安部挂牌案件的需要，被召回了单位。境外输入型病例的增多，让国保大队的防疫工作再度空前紧张起来，他们开始夜以继日地核查出国人员及回国人员情况。社区民警张美霞也在不间断地与出国人员联系，确保境外人员回国、入境信息准确及时……

张美霞说自己是在人民群众与党和政府之间穿针引线的"那根针"，张志刚说自己是革命的"一块砖"。他们是千千万万个公安民警中的普通一员，他们的特别在于身上的"蓝＋蓝"。在宁夏这场自上而下的全民抗击新冠肺炎疫情的阻击战中，全区1.5万余名公安民警、辅警舍小家、为大家，参与了这场不胜不归的战斗。像张美霞和张志刚这样的"蓝＋蓝"双警家庭，共有283个，他们是相濡以沫的夫妻，更是亲密无间的战友，他们身上的"警察蓝"是他们一生钟爱的情侣装。

清肺排毒合剂和益气固卫合剂
被自治区药监局批准了

2020年2月21日，银川市中医医院发布了一条消息：本院研制的清肺排毒合剂、益气固卫合剂两味中药制剂成为宁夏首批审批通过的防治新冠肺炎的中药院内制剂，获得宁夏药品监督管理局紧急备案许可。对银川市中医医院制剂中心主任刘军来说，这意味着由他带领的本院中医药科研团队在前期所花费的大量心血得到了认可。

疫情就是命令，防控就是责任。面对新冠肺炎疫情的突发和扩散传播，临近春节好多已经调休返程回老家过年的医护人员又都纷纷返岗，做着上"前线"或者支援"前线"的各种准备。作为中药制剂研制部门，刘军他们虽说上不了"前线"，但他们要做个好"后方"保障，要给奋斗在一线的医护人员和普通老百姓贡献一份力量。

17年前，刘军曾经参加过"非典"的防治工作，虽然当年各方面的条件都比较落后，但还是积累了一些很好的防疫经验。当年国医大师邓铁涛所在的广州中医药大学第一附属医院，一共收治了58例患者，其间取得了"三个零"的骄人成绩：患者零转院，患者零死亡，医护人员零感染。2003年WHO专家一致认为，中医药在预防病毒和恢复期治疗方面有其独到之处。

刘军意识到中医药对新冠肺炎的治疗可能会有效果。也就在这时，国家中医药管理局向全国各级中医医院推荐了清肺排毒合剂。药方由麻黄、炙甘草、炒苦杏仁、生石膏、桂枝、泽泻、猪苓、炒白术、柴胡、黄芩、姜半夏、炙款冬花、生姜、炙紫菀、射干、细辛、生山药、枳实、陈皮、广藿香等药物组成，具有清热化湿解毒、宣降肺气平喘功能，可在新冠肺炎的轻型、普通型、重型、危重型患者救治中结合患者的实际情况合理使用。宁夏中医药诊疗方案推荐的处方是由生黄芪、炒白术、防风、生薏仁、金银花、紫苏叶、炒杏仁、桔梗、芦根等中药组成，最终试制成益气固卫合剂，用于新冠肺炎确诊患者的密切接触者和居家隔离者。

2月1日，有一家药材公司率先捐了约11万元的爱心药材。宁夏中医药管理局对市中医医院制剂中心在疫情防控期间为一线人员提供中药制剂也提出了要求。于是，市中医医院制剂中心在主任刘军的带领下担起了研制大任，开始紧锣密鼓地加紧试制。从中药材变成中药制剂那艰辛烦琐的过程，也只有制剂中心团队人员才知道其中滋味。他们充分发挥了本院中医药科研的优势，查阅了大量文献资料，设计出了一套合理的工艺路线和剂型，从小试到中试的研究只用了10天的时间；制定了严格的质控标准，于2月1日当天便试制了500剂预防及治疗新冠肺炎的清肺排毒合剂、益气固卫合剂，并送到了区市各医院发热门诊包括基层社区卫生站疑似病例、密切接触者的手里。

接下来近20天中，他们在做两味中药制剂的过程中一直不断地优化方剂的适应性，也不断有医院和基层医疗站上门要药。直到2月21日，两个防治新冠肺炎的中药制剂获批后，市中医医院制剂中心团队当天便紧急开会，研究组织大批量生产的相关事宜。因拆除饮片包装耗时较长，主任刘军特向住培办、药品调剂科申请支援，申请即刻得到批准。很快，张骞主任、马民伟主任便带领着各部门的支援人员到岗了。就这样，药味多量又大的小包装药袋铺满了医院三楼多功能厅室的每一张会议桌，工作任务十分繁重紧张，但在富有经验的刘军主任有条不紊地指挥下，各个环节紧锣密鼓又高效地进行拆分。在中医医院药剂生产车间内，中药材要先经过严格的检验，有投料、浸泡、煎煮、高速离心除杂、减压、浓缩、定容等十几个环节。制剂的过程相当复杂，不同的中药材进入药罐的时间也不同，加多少水、煎煮多少时间更是讲究。在中间环节，药师还利用快速相对密度测定仪进行质量监控，以保证药剂的浓度和质量。并且所有液体试剂都采用了目前较为先进的水浴灭菌方式，无防腐剂、矫味剂添加。

一方面供不应求，另一方面要大批量生产，并要以最快的速度将清肺排毒合剂、益气固卫合剂两味中药制剂更多更广地免费发放到患者的手中，刘军团队面临着重重困难。但让刘军很感慨的是，这次政府部门组织动员的能力相当强，在一些"难点"上很给力。其他交通车辆全部停运了，但邮政的车一路绿灯为他们运输药材。当然，从药材原料到做成中药制剂的过程除了人力物力的各种付出，也是要花费大量资金的，医院的财务核算也具体到了科室，但中药制剂中心的全体人员毫无怨言，全部都积极"参战"，努力克服着一己困难，在制药的各个环节上努力着。一部分人员很年轻，家住得远，有的住在贺兰，有的住在永宁。公交车和出租车停运后他们上下班都成了问题，没有车的靠家人每天送来接去，有车能顺路的就几个同事搭载一辆车。医院的食堂关门了，大家只能从家里带饭，忙起来常常把吃饭的事忘了。后来有爱心人士也给送一些饭、捐赠一些方便面帮他们渡过难关。

有一次，就在制剂中心如火如荼赶制药剂的时候，封口机突然发生故障，这可急坏了制剂中心的所有人。为了保证药品质量，制剂中心紧急改用单瓶封口机，灌封人员忍着高温快速封口，保质保量完成了当天的工作任务。与此同时，一场爱心接力赛也正在悄悄开展。后勤保卫科田支越得知情况，及时协助制剂中心王继永共同查找问题，最终排查出封口机需要更换稳压二极管、温控模块等配件。怎么办？特殊时期，很多商家没有营业，网上快递也已停运，上哪里去寻找这些配件呢？刘军主任果断发动朋友圈及多方力量四处寻找，也得到院内外多位朋友的帮助，但却都石沉大海。正当刘军心急如焚时，一位朋友给他提供了一条有价值的信息，银川宁园新华电子设备公司可能有医院需要的封口机配件。制剂中心员工柳茜知道情况后辗转跟设备公司老总刘新华取得联系，刘总爽快地答应了，并推荐过来两个高手——孙安源和刘师傅。起初，家住镇北堡的两位师傅也有一些情绪，毕竟疫情凶猛，但在得知这批药是给一线医护人员提供的保障后，两人二话不说便赶往中医医院检修设备。维修过程中也是一波三折。由于医院的检测设备过于简陋，很难排查出问题的根源，孙安源师傅联系到银川市铁路分局，随后将设备带至铁路分局进行检测，排查出电阻问题后，再带着设备到自己店里维修，两个人连夜作战，最终将设备修好并于第二天送到医院。这真是：病毒无情，人间有爱。当医护人员冲锋在前线的时候，他们背后还有无数的普通人在鼎力相助，都是为了一个共同的目标：赶走病毒，让人间回归正常。

疫情中前期，中医医院中药制剂中心累计为10余家单位的一线医务工作者发放预防中药4000余剂，向有密切接触史人群发放750余剂，保质保量完成抗感汤剂制备任务。中药制剂中心除承担预防用药制备外，还主动调整工作重心，将一部分力量投入到制剂研发中，对前期拟备案进度相对滞后的品种重新梳理，加快医院制剂备案进程，为确保发热门诊、急诊工作的有力开展，药品调剂科实施24小时值班制，积极备足日常所需药品。每日由值班药师查看库存，及时进药保证临床用药，统计重点药品消耗完成上报，全力做好应对疫情药品供应保障。在疫情防控期间，银川市中医院中药制剂中心请示主管领导后将储备酒精投入消毒酒精的配制工作中，大家深知多配出一瓶消毒酒精，冲锋在前线的医护人员就多一份保障。他们顾不得大桶酒精刺鼻冲劲儿，加班加点赶制消毒酒精。总之，刘军主任及全体药师们竭力战斗在"看不见的战场"上，做了大量不为人知的制药工作。他们用行动承诺着：坚守岗位、立足本职工作，继续做好疫情防控后方供药的保障工作！

他脱下法官袍穿上防护装备

2020年2月8日中午12时40分，宋乔匆匆吃完泡面后，来不及休息就继续穿戴上了防护装备——两层口罩、一个棒球帽、一件雨衣和一双手套，继续开展入户疫情排查工作。

宋乔今年30岁，是银川市兴庆区法院民三庭的一名法官。

室外温度一直在零下，他一站就是一天。晚上回到家，他的"微信运动"步数有一万多步。自大年初四接到通知，宋乔就开始在社区门口负责疫情防控工作，作为一名预备党员，他觉得自己责无旁贷，除了白天在社区门口筛查人员，开展疫情防控工作，晚上还主动要求值夜班，从没休息过一天。

"请双方当事人仔细核对自己的电子设备是否符合互联网开庭

的条件。现在开庭。"端坐在法庭上的宋乔，威严无比。2月5日上午，连续值守7个夜班的宋乔换上法官袍，敲响法槌，通过互联网对一起民事案件进行远程开庭审理。原告、被告双方在他的指引下通过手机客户端参与庭审，发表意见并上传证据。

在疫情防控的特殊时期，采取"网络庭审"这种新的庭审模式，对宋乔来说也是一种挑战和尝试。在得知没有前例可借鉴后，他说："没事，在这个特殊时期，那我就先给大家打个样！"于是，宋乔毅然做起了"网络庭审"中的领头羊。庭审结束后，脱下法官袍的他略显疲惫。2月5日晚上，顾不上休息，他又承担起夜间防疫值守的任务。

兴庆区法院的工作原本就很忙，白加黑、五加二是工作常态，2019年法官人均收案460多件。"平时工作忙，对孩子的付出少了些，孩子一岁零八个月了，平时都由他妈妈照顾。"宋乔愧疚地说。但是，面对特殊的防疫工作任务，宋乔没有一丝推脱，更没有一句抱怨。

"与同事们一起奋斗在抗疫一线，我知道自己并不孤单。我们共同战斗着，也共同坚信着：疫情一定会被战胜！"宋乔说。

护理队伍里的男"宝贝"

2020年3月25日，武汉一早开始下雨。犹如雨天一样，马如鸿的心情也是湿漉漉的。这种心情，弥漫在整个医疗队。要离开了，队员们都是怀着这样的心情，一边做着离开前的准备，一边在心里默默地跟自己战斗过的这个城市告别着。惜别之情、感慨触动、万千心绪，如同这淅淅沥沥的雨水一样，怎么也撕扯不断，怎么也停不下来。自从接到前线指挥部要大家撤离的通知后，这两天大家一直都处在这千言万语难以说清的心境中。

马如鸿回想起这一个多月在武汉的日子，仿佛做梦一样。

2月28日晚上8点，马如鸿第一次进病房。这个夜晚的独特感受，马如鸿一辈子都不会忘掉。

马如鸿虽然干了4年多护理工作，也一向觉得自己算是胆大心细之人，可是防护服一穿，护目镜一戴，戴着四层手套，马如鸿感觉自己就像被装进一个密封罐子里。拖着突然变得厚重而迟钝的身体，推开病区大门的那一刻，马如鸿不由得停顿了一下，心里不断地给自己打气：没事儿，你行的。

一进病区，一种从未有过的陌生感卷裹着马如鸿，这种陌生感很快就被一种更强大的恐惧所替代。

尽管在进入病区前，同队的其他护理组已经先期进入（魏静茹带领的第一组已经在26日晚进入病区），她们在微信护理群里，已经提前给大家打了预防针，不断地提示大家，进入病区需要注意的事项，发了一些相关的照片、视频让大家提前熟悉；虽然在进入病区前，马如鸿反复地培训反复地练习，但是，当病区大门打开的一瞬，眼前的一切和身体的直觉，迅速把刚在脑子里建立起的信心，一击而溃。迎面袭来的，是一种根本无法阻挡的紧张和害怕。

晚上8点的病区，治疗基本结束。马如鸿先是查看电脑操作系统上的医嘱，按照医嘱时刻关注患者生命体征。可是仅仅是这样一件在平时看来最容易最细小的事情，做起来也是那么困难。进病区不到一分钟护目镜就变得模糊，再加上一层防护面屏，日光灯管下的病房变得泅染一片，他搞不清楚是穿着防护服捂出汗的缘故，还是自己太过紧张的缘故。无论干什么，马如鸿都得更谨慎，得反复地看，看仔细了，看准确了，再操作。这样，干什么事情都会慢半拍。

　　一切都是陌生的，这陌生感穿透了防护服，直击马如鸿的身体深处。陌生的不只是电脑操作系统，不只是环境，不只是自己的身体，还有患者，还有满是病毒的空气。

　　这天晚上，马如鸿重点护理的是一个生活不能自理的患者。患者氧合指数非常低，马如鸿要做的是时时守护着他，防止他出现缺氧，因为随时可能出现的缺氧会对他造成脑损伤，这样对患者来说会更加危险。

　　除了随时观察患者的生命体征、仪器上的各项数据，按医嘱进行治疗操作，马如鸿还要为患者做生活上的护理。护理内容特别琐碎，翻身，吸痰，清理大小便，等等。几乎每隔十分钟，他就得看顾一下患者。患者很烦躁，并不配合，在翻动他时，他显得很难受，头部和身体都一再地扭动，嘴巴里也发出一种听上去很不友好的声音。这让马如鸿除了尽可能地安慰他之外，有些不知所措。

　　马如鸿第一次护理这样的患者。在银川市第一人民医院工作的四年，他一直是在手术室担任护士，接触的都是需要外科手术麻醉后的患者，一般他们都在昏睡当中没有意识，他只需要严格按照操作规范去做好术前术后的护理，顺利交接给病房的护士，就完事了。眼下，过去的经验在发热四病区基本上是用不到的。

　　对马如鸿来说，所有的护理操作都不难，自己还年轻，如果是平时，跟着病房的老师们很快就学会了。

　　但眼下，这是在武汉市中心医院的发热病区，他来之前就知道的，这是受新冠病毒重创的地方，而他眼下面对的又是发热病区最重的患者。

从一进病房开始，马鸿如就发现，患者因为氧合指数低，一直呼吸急促，根本无法戴口罩。患者一直是张着嘴呼吸的，因为只有这样，才能供应上氧合量。听着患者急促的呼吸声，看着他张着嘴巴费力呼吸的样子，马如鸿一方面替他感到痛苦，一方面感到害怕。感觉自己时时刻刻都被病毒包围着。

病室里只有这一个患者。屋子里很安静，静得能听得到患者急促的呼吸声，还有各种监测仪器发出的有节奏的嘀鸣声。夜晚的安静仿佛使得这两种纠缠在一起的声音，带着某种邪恶的魔力，不停地在空气中发酵膨胀。很快，它们胀满了马如鸿的耳朵和心房，令护目镜下失去明显空间感的病房开始变形。马如鸿之前在图片上看到过的那些带触手的冠状病毒仿佛一点点在空气中显形变大，它们在拥挤着、碾压着，压过了走廊里队友们的脚步声，压过了自己的呼吸声、心跳声，正一点点压迫着自己几近绷断了的神经。他几乎意识不到时间的流动，脑海里漫出了无法名状的杂乱画面，那些画面，完全没有关联性，仿佛小时候看电影，放映突然中断时白色银幕上闪现的凌乱线条和莫名其妙的人脸树影，迅疾幻化成了一堆不认识的密麻麻的乱码。

马如鸿越强迫自己守在患者床边，却越来越觉得自己每呼吸一口气，都是带着患者吐纳出来的带着病毒的空气。

时间静止了。马如鸿第一次觉得自己的内心如此纷乱矛盾，时间变得这么焦灼难挨，呼吸变得如此艰难。

这一个夜晚好像有一个世纪那么长。马如鸿虽然无时无刻不在看护着患者，但是留在自己心里的，却是无尽的纷乱，在纷乱中，能分明地感觉到自己一直在跟自己做着心理斗争。

晚上12点，又一组护理人员进入病区，交接完，马如鸿小心脱掉防护服，呼吸到病区外的清冷空气，大脑和身体重归一处。等坐上车，回到驻地，远远看着驻地东航宿舍楼帐篷前的那一束灯光，看着等候他们归来的队友，这时候，马如鸿才感觉到一阵放心和放松。

第二天，马如鸿再进入病区，一切都变得熟悉了些，感觉也稍微好了一点。治疗和生活上的护理，按医生的医嘱去做，除此，定时定点巡视病房，及时处理患者的需要，发放早餐午餐，帮患者打开水。治疗之余，跟心情不好、心态不好的患者聊聊天，跟患者家属接通视频，跟他们多沟通。这些做法，不仅对抚慰患者挺有效，也一样安抚着自己。第一天晚上的那种时刻担心自己也会被传染上的紧张和害怕，慢慢变成只要做好防护就应该没有问题。

一周后，马如鸿发现，自己已经完全能够正面面对和承受了。

发热四病区总共有46张床位，护理人员分了4个小组。第三护理小组分管12个患者，2个重症患者正好在马如鸿所在的第三护理小组。马如鸿在病区主要负责2个重症患者的护理。

除了从第一晚就守护的18床，另一个重患者，是17床的56岁的男患者。

一开始，他的生活自理能力还是可以的，包括洗脸刷牙，刮胡子，都是可以下地的。但很快，这个患者就出现了肝性脑病的反应，有时候给他说什么，他似乎听懂了，也能配合，但是大部分时间都是昏迷的。情绪比较急躁，会发脾气，不吃也不喝，就靠输液。护士们在护理他时，他会拒绝、会反抗，有一次护士给他翻身时，他咬了护士。这之后，女护士们都比较怕这个患者，不敢接近他，也不敢动他，想帮他但又不敢。

马如鸿就问患者的主治大夫邵萍主任，这个患者能不能约束一下，给他下个胃管，他的大小便也把床上弄得脏的，能不能把尿管插上。这之前，一直是给他穿尿不湿的，可是给他换的时候，他不配合，要是再误伤了人怎么办？大夫查房的时候，马如鸿和魏静茹护士长、还有另两位当班护士，就把这个患者给约束上了，把床单被罩都给换了，把胃管给插上，这样患者能进食了，也能喂口服药了。那几天光靠输液体，营养跟不上。约束了之后，女护士也能上前进行操作治疗，床上也干净了。

当天晚上，马如鸿去找魏静茹护士长，说："护士长，能不能明天给17床的患者刮个胡子剃个头。今天给他收拾护理的时候，我就发现他的头发和胡子长了。天热了，患者肯定难受。再加上治疗时，需要用胶布固定胃管和氧气管，胡子长了也粘不牢。"

"可以，但还是要先跟家属沟通一下，不知道人家家里什么讲究。"魏静茹就电话里跟患者家属沟通，得到家属同意后，魏静茹又联系病区的护士，病区值班的护士说病区有电动剃刀。魏静茹就让她们帮忙提前把电给充上。

第二天一早，马如鸿来敲门，魏静茹这天是早班，6:30就得出发。

"昨天晚上就给你说了，我说保证完成你交给我的任务。你是不是不放心，怕我一个人剃不了。"

"还真怕你一个人做不了，其他人还有治疗，也顾不过来。"马如鸿说。马如鸿是晚上8点的班，但晚上光线不好，晚上当班时还有其他工作要做，马如鸿就想上午跟护士长一起去给患者理发刮胡子，这样既不影响其他人工作，还不影响其他患者的治疗，其他人也不受干扰。

那天早上，马如鸿跟魏静茹他们早班的队友们一起坐车去了。到了车上，其他人问：小马，早上又不是你的班，你来干啥？的确，白天，马如鸿本来是应该在驻地房间里休息的。

马如鸿把患者安抚好，把他固定好，约束住，然后，魏护士长给患者理发，折腾了有一个多小时。头发理好了，看上去干净多了，他自己也舒服一点。这样也方便护士每天帮他擦一擦头，患者的感觉能好点，精神状态也能好点。

提起这个患者，马如鸿总说，一想起来就不好受。

这个患者刚入院的时候，比较仓促，什么都没有带，马如鸿和队里其他医护人员凑了些洗漱用品、卫生纸、湿纸巾给他。刚开始，患者基本情况还好，是自己走进病区的，生活也是能自理的。但是他的基础病比较严重，除肝硬化外，纵隔还有个肿瘤。本来这个患者去年9月份住院治肝病，原计划是在今年1月份做手术的，后来因为武汉疫情形势严峻，就没能及时手术。不幸的是，他又感染了新冠肺炎，就转移到中心医院来了。他的病情恶化，是因为肝硬化进展比较快，当时的病情只能是换肝，但是在那种情况下（感染新冠病毒）又换不了，眼看着他的病情迅速加重。

后来马如鸿回到银川，集中隔离在宾馆时，还跟武汉那边的医护人员联系，知道这个患者还是走了，在他们离开武汉的两天后就去世了。

　　"见证一个人从生到死，我是第一次，真是特别难受。"

　　"走的时候，妻子不让我去，怕我身体扛不住。但我说，别人都可以，我有什么不可以。我得去。

　　"你得让我去，你得让我成为一个有故事的人。我当初给媳妇开玩笑说，我去了回来后，还可以给孩子做个榜样，讲讲爸爸去过'前线'，为国家作过贡献，告诉孩子爸爸是个有故事的人。"

　　2019年12月底，马如鸿做阑尾手术。手术后在家休息了一个月，回单位上班没几天，大年初一医院发出号召，马如鸿报了名。因为不是重症呼吸、急诊和ICU，就没在组织考虑之中。后来，眼看着医院的第二批人员（被编入第五批宁夏援湖北医疗队）出发了，马如鸿找到主任强烈要求要去支援武汉，终于，成为第六批援湖北医疗队的一员。

　　"我妻子和爹妈不太愿意让我来，主要是担心我到那去体能消耗大，怕我身体吃不消。

　　"我到武汉后，妻子特别害怕，一个人也睡不着，老是半夜给我发信息。"

　　马如鸿是宁夏中宁人，2016年毕业于宁夏医科大学护理专业。他选择学医学护理，和别的男孩子不太一样。这个念头起于8岁那年。

　　那一年，刚11岁的姐姐外出骑自行车摔倒，导致肝破裂，当时被送到医院手术，没有救过来，这件事一直放在马如鸿的心里。长大后，稍懂事时，他就想将来要当一名医务工作者。考大学时，因为分数不够一本，他就选择了护理专业。

童年的阴影早已经过去了，幼年的心结成了他学医的最初动力。

大学毕业后，马如鸿想到外科工作，因为他觉得心脏手术是所有外科手术中最精密、最复杂、最高精尖的，配合难度比较大，更具挑战性，可以学到更多东西，马如鸿先到银川市卡瓦中心医院，跟着当时的韩国专家、塞尔维亚专家同北京安贞医院的专家一起工作，配合过他们的手术。在卡瓦中心医院一年多，看到那些有先天性心脏病的孩子通过手术恢复得几乎跟正常人一样，马如鸿特别有成就感。能挽救别人的生命，感觉很自豪。

后来马如鸿到了银川市第一人民医院，还是选择到了手术室。

"学了护理专业，又在手术室工作，对我最直接的影响，一是感觉自己有洁癖，不管做什么事、拿什么东西必须洗手，反复洗手。二是不论干什么都变得谨慎，特别小心，把什么事情都要捋顺了，提前安排好，按部就班走。还有，不管是工作中，还是生活中，必须特别干净，家里的东西必须都得放整齐，这个东西在这个地方放着，就得在这个地方放着，用完还要在这个地方放好。这也跟手术室里的定点管理有关系，手术室里的东西是一点也马虎不得的。这就影响我回到家里也是一样，形成一个固定的习惯。"马如鸿说。

战"疫"一线书写媒体担当

"这几日,因为情况特殊,我不能及时回到工作岗位。虽然每日在家,但我在朋友圈里,看到了记者同事们在疫情'战线'上的'马不停蹄'。每天,从早晨睁开眼,就看到朋友圈被一个接一个的宣传报道刷屏,有动漫版的疫情防控科普宣传、有疫情一线工作者的特别报道、有暖人心的爱心举动、有紧急通知⋯⋯宣传报道中,中卫市各个行业、各条战线团结一致,共克时艰的昂扬斗志、典型事迹,集聚了防控正能量,提振了战'疫'精气神。"《中卫日报》记者杨珊这样写道。

正如杨珊所说:"疫情防控阻击战打响以来,我的同事们相继奔走在抗疫一线,全方位掌握中卫市疫情防控信息,把一个又一个最新最有价值的消息传给全市人民，引起市民对疫情的高度重视。他们一边在疫情一线奔走采集新闻，一边又在线上传播消息，像战士一样在疫情防控阻击战中战斗。"

是的，新闻在哪里，记者就在哪里。

疫情发生以来，人民日报宁夏分社记者刘峰与同事并肩战斗，仅在原创栏目《党旗高高飘扬》采写刊发稿件超过100篇，客户端总点击量超过1200万，电子阅报栏制作播发海报55张，展现和宣传了宁夏各级党组织和广大党员坚守岗位奋战一线的动人故事。

光明日报社宁夏记者站站长王建宏和同事紧密配合，平均每天采写、编发各类图文稿件5篇以上，编发的《宁夏书记主席督查暗访新冠肺炎防控》阅读量近500万，百万以上阅读量的稿件有十多篇。

2020年2月中下旬，口罩成为最紧缺的医疗物资被广泛关注。光明日报官方微信公众号推送王建宏采写的文章《在宁夏，煤是如何变成口罩的》，通过煤炭在以往的紧急驰援和这次疫情中加入抗疫大军扮演的不同角色，反映宁夏产业结构调整和高质量发展，在朋友圈迅速刷屏。"煤炭能变口罩"一时成为热议话题。

3月中旬，在统筹疫情防控和复工复产的关键时刻，《光明日报》以大半个版面的篇幅，刊发《宁夏："铁杆庄稼"绿了塞上江南》，讲述了宁夏劳务输出这一脱贫攻坚的重要支柱产业，在疫情中逆势"播种"的特色做法。

从宁夏暴发疫情到宁夏清零的55天里，宁夏日报社记者尚陵彬一直参与着宁夏抗击疫情防控工作全过程，作为新闻媒体人冲在战"疫"最前线。55天全力作战，采写各类新媒体文图视频稿件和报纸稿件超过300件。

宁夏广播电视台交通广播记者、主持人张喆第一时间为自治区卫生健康委制作宣传疫情防控的视频、抖音。截至2020年3月16日，累计发稿近400篇（含视频），新闻报道300余篇，专家与赴鄂宁夏医疗队员直播间连线50余次，搜集整理宁夏支援湖北医疗队日志400篇，录制宁夏援湖北医疗队"援鄂日记"音频几十条。深入一线，采访医疗、卫生、疾控、机场、公安、交管等部门及社会公益组织的工作人员，全方位展现宁夏抗疫战线上的最新动态和感人时刻。

五十多天的疫情报道，捕捉新闻亮点、挖掘关注焦点、丰富传播方式，是张喆和同事们探讨的话题。连续通过广播、微信、微博、等发布了一批关注度高、点击量大、社会反响积极的新闻报道。其中，2月6日宁夏交通广播微信发布的《银川又一例确诊病例活动轨迹公布》阅读量超过10万，3月14日微博发布《宁夏危重症治愈出院，所有专家到场》阅读量11.7万，3月16日发布的《宁夏"清零"》阅读量15万，宁夏医疗队日志《90岁的徐爷爷出院了》阅读量15.2万。截至目前，宁夏交通广播的微博阅读量迅速达到2000万。张喆拍摄的很多现场照片、视频被其他媒体广泛转载。

随着疫情的变化，银川市新闻传媒集团记者沈亚婷采访的领域也在扩大。她来到医院见证着医患同心抗疫的努力；也曾深入社区，走进患者家庭，讲述平凡人的勇敢与坚韧。多篇重磅人物专访和特稿随之推出，包括《寻找宁夏近2000名密切接触者》《宁夏："掏空家底"也要支援湖北》等。截至目前，沈亚婷仍坚守在新闻一线，保持着战斗状态，累计完成了近300篇与疫情防控相关的新闻报道。

数字是枯燥的，却是关键的。

当集结号响起，中央驻宁媒体及自治区各新闻单位的记者、编辑们，深入战"疫"一线，第一时间赶赴这场没有硝烟的战场，用笔触和镜头，把希望与坚守、力量与温暖传递给公众。

数字的背后，是宁夏新闻人在战"疫"一线书写的媒体担当。

人民日报社宁夏分社采用报网端微视频"六位一体"传播模式，制定了"123"防控疫情宣传报道工作制度，截至3月1日，《人民日报》全媒体矩阵共发布稿件1600多篇。其中，《人民日报》客户端和微博全网首发的《宁夏治愈率41.5%》报道，微博阅读量914万，热搜话题阅读量1.1亿。《宁夏发现1例境外输入病例 紧急寻找密切接触者》报道，客户端阅读量超过390万，微博阅读量2154万，热搜话题总阅读量1.7亿，均创造了宁夏频道试运行以来新媒体发稿最高纪录。

"与记者对话时，董军强的眼睛始终没离开电脑屏幕。""趁着说话的工夫，李怀马把手机充上电，随后快速扒拉了两口臊子面，这是他当晚的工作餐。"新华社《瞭望》周刊第7期文章《夜访宁夏抗疫指挥部》，此起彼伏的交谈声、脚步声带领受众走进自治区政府办公大楼五楼，从细节处反映了指挥部工作人员一派繁忙的景象，从围点控源、社区防控、医疗资源到生产生活保障等多方面展示宁夏疫情防控的"硬核"举措。截至目前，新华社各平台共发布宁夏抗疫相关稿件超过1000条（张），不少稿件通过中、英、俄、日、泰等多种语言向全世界播发，在海内外产生强烈反响。

光明日报社宁夏记者站采写的《党员，到社区报到》《战"疫"

中的小事如此暖心》等重点报道在《光明日报》显著位置刊发。在官方微博刊发的《宁夏书记主席督查暗访新冠肺炎防控》等10多篇稿件，阅读量均超过100万。记者站充分发挥光明日报的理论特色，深入一线采访、提炼总结宁夏"互联网＋医疗健康"示范区建设在此次抗击疫情中发挥的特殊作用，为"探寻中国之治的制度密码"栏目采写整版报道。

4月2日，宁夏回族自治区第四人民医院副院长雷振华和宣教科科长王晓炜，将一面印有"勇赴前线书写医护风采 共战疫情展现党媒担当"的锦旗送到宁夏日报报业集团，并向宁夏日报记者尚陵彬、马楠送上荣誉证书，当面表示感谢。

疫情发生以来，宁报集团派出尚陵彬和马楠组成战"疫"前线采访小分队，深入到自治区第四人民医院，先后采写了《好消息！宁夏首例确诊患者救治良好有望出院》《视频｜那扇玻璃门到底隔开了什么？宁夏疫情隔离区探访实录》等一大批优质稿件，通过讲述抗疫一线人员的战斗故事、及时发布疫情防控相关信息等，给更多人以鼓舞和力量。

看到两位记者不畏艰险、报道及时给力，自治区第四人民医院主动邀请他们到医院驻点，近距离接触专家诊疗组，采写疫情救治一线医护人员艰苦奋战、争分夺秒抗击疫情的感人故事。2月8日，经自治区卫生健康委和自治区第四人民院同意，尚陵彬正式到该院驻点。

2月22日，在自治区第四人民医院院领导安排下，尚陵彬接受了穿脱防护服的专业训练后，进入隔离病区采访、拍摄4个多小时，记录宁夏首次运用血浆疗法救治危重症患者的全过程，推出了重磅报道《夜访隔离病区——在自治区第四人民医院亲历战"疫"》和视频报道《独家震撼！穿越重重消毒区，宁夏日报记者夜访隔离病区》。

这是宁夏媒体第一次以第一视角报道宁夏医护人员在疫情救治一线艰苦工作的真实影像。尚陵彬和马楠只是宁报集团疫线战斗记者的代表，面对这场没有硝烟的战争，宁报集团所有人都在战斗。

疫情防控战役打响以来，宁夏日报报业集团充分发挥党报优势，书写主流媒体担当，通过文、图、视频等多种形式，在报、网、端、微及时发布疫情信息，精心解读政策措施，深入报道各地干部群众战"疫"的感人故事，在统一思想、凝聚力量、振奋精神等方面体现了责任与担当，为疫情防控阻击战提供了强大的舆论支持，更汇聚起全民战"疫"的强大力量。

"这些全方位、立体式、多角度的新闻报道，给我们以信心和力量，我们会继续战斗，坚决打赢这场战'疫'。"自治区第四人民医院副院长雷振华说。

截至3月3日，宁夏日报报业集团报网端累计推出文字稿、短视频、H5、动漫、海报等新闻作品41000篇（幅）。其中，阅读量超30万作品1篇、超10万作品48篇、超5万作品157篇，总阅读量超过6000万次。

《华兴时报》突出统战系统、政协系统、政协委员等3个报道重点，进一步优化版面，对疫情防控工作专版报道，认真讲好疫情防控阻击战中的政协故事。报社党员记者与防疫战线上的"逆行者"并肩奋战、共克时艰，采写了大量生动鲜活、来自防控一线的稿件，报道了广大政协委员，尤其是医疗卫生界别政协委员无私奉献的感人事迹，在战"疫"舆论场发挥了激浊扬清、凝聚人心、提振信心的重要作用。

截至3月2日，银川市新闻传媒集团全媒体矩阵共发布文字稿件、短视频、H5、动漫、海报等新闻作品超过14000多条次，《援鄂日记》40多篇，《银川晚报》微信阅读量超过10万的信息50多条。"直播银川"微信公众号在短短3周时间里粉丝就增加了1万多，总粉丝量达到79216人，创造了5条超过10万推文，6条点击量在5万至10万的新闻作品。《直播银川》和《这里是银川》抖音号已发布相关短视频224条，《直播银川》抖音号粉丝量猛升至24.6万，《这里是银川》抖音号粉丝量由最初的2.4万人迅速增至10万余人，31条视频的点击量超过10万以上。

护理多面手，关键时刻不能"尿"

2020年的这个初春，对每个人而言都是难忘的一段时光。对于奋战在宁夏抗疫一线的杨楠来说更是刻骨铭心。在这场没有硝烟的战斗中，杨楠觉得自己能作为千千万万投身抗疫的医务工作者之一，非常光荣。她是母亲，是妻子，也是女儿，更是一名医护人员。救死扶伤就是天职，而且她是一名预备党员，在这个特殊时期、关键时刻不能"尿"！于是，当市第一人民医院动员大会一结束，杨楠便和其他医护人员一样请缨上一线。通知下来了，她没有被派去支援武汉，而是在银川本地的一线——银川市临时急救医院。只要是"前线"，就是考验她的时刻！

第一天进隔离病区时，在防护服、护目镜、橡胶手套的阻碍下，工作的难度大大增加了。遵医嘱配发用药、巡视病房、监测患者体温、对患者进行心理疏导，需要对一些高血压、糖尿病患者辅助监测血压、血糖等都更加仔细、精细。这着实考验着杨楠的职业技能。有一次，正在对楼道进行清洁消毒的杨楠听见远处传来一阵阵患者的呼唤声："护士我头疼、头晕，难受死了……护士，我一天待在这里都快憋疯了，快叫医生来给我看看……"由于身上穿的防护装备太多，杨楠并不能明确判断声音的方向，于是她扔下手中的拖把四处寻找，可刚拖完的地有些湿滑，一转身便滑倒了。她顾不得疼痛爬起来继续寻找声音，一位老阿姨已经来到她身边拉住了她的胳膊关切地问道：姑娘你摔疼了吧？杨楠连忙回答着说："没有，没有，谢谢您的关心！"紧接着阿姨又说话了："姑娘我头好疼……""阿姨，刚才是您在找医生吗？""是我啊。"接着，这位阿姨赶紧拉住杨楠的衣服让她坐下，有话要跟她说。老阿姨说她不能住在这里，不能在这里隔离，她必须要回家，因为家中的小孙子从来没有离开过奶奶，她的老伴身体不好，料理不了孩子和家务，保姆也回不来，家里没有她会乱套的……杨楠让她先躺在病床上，一边为她量血压血糖，一边与她拉家常，耐心地为老人做心理疏导，最终让老阿姨冷静下来了。

　　杨楠觉得自己已经不是普通的护士，工作内容不是为患者发发药、打打针那么简单，她现在扮演着多个角色：护士、朋友、家人，最重要的是患者的倾听者。杨楠第一天在隔离区上了7个小时班后，刚从隔离区出来，碰上一个队员防护服破损，又加上一下子送来了一批患者，需要立即增员进入隔离区，杨楠义不容辞地再次穿上防护服进到病区，这一天她干了14个小时。由于长时间的高强度工作导致她胸闷气短，工作难以继续。

因工作需要，杨楠又被派去做物资管理工作。这可不是个简单的活儿，对杨楠来说这是个全新的工作。当时防护物资非常紧缺，为了能够做到科学管理、按需分配、高效利用及减少浪费，杨楠从一个弱女子变成了女汉子。因为每天都有大大小小的货箱需要搬运、清点并分类放置。在别人一句话她要跑断腿的管理区，即便下了班，她仍需要对物资的耗损进行查点登记，为第二天去物资库领防护物资做好准备。这种看起来不起眼的工作却要不断地摸索、思考，不断改进。因为防护物资那阵还非常紧缺，要保重点区域、重点操作、重点患者，按原则评估各病区防护物资的需求，按患者收治风险等级确定区域防护物资调配的数量与质量进行发放。还要根据病房实际收治患者数量、工作人员数量、工作量可能产生气溶胶的操作等按需发放。在病房防护物资管理上，杨楠可以说做得更加严格细致，必须专人、双人管理，定点放置、登记造册，班班交接，每日使用者确定分发办法，签字领取，零库存管理。在整个物资管控中，全院倡议：厉行节约，不浪费、不过度防护。杨楠说，疫情中所有人的工作都是异常艰辛的，但大家有着共同的理想，在打赢防疫阻击战的关键时刻，决不能有丝毫松懈，大自然的冬天已经过去，春天也已到来，所有人都期待着摘下口罩的那一天！

课是怎么"磨"成的

什么是磨课？好事多磨的"磨"，磨坊的"磨"，这个古老的动词不免让人想到"沉重"和"精细"，想到早已被弃之不用的笨重的石磨，想到汗水和收获——用来形容一堂课的诞生过程，"磨"这个字，的确恰当。

把每节课都上成精品课，以赛课的精神准备好每一堂20分钟的《空中课堂》——这是初衷和原则。由授课老师基于教学要求和工作经验设计的课程内容，不能出现病句、用词不当、标点不对等问题，更不能出现概念和理念上的偏差，审课的老师首先要看的就是备课思路。如何使课程内容更符合地方及学生实际，如何在几轮的磨课中碰撞出更富新意和创意的思想，老师们必须要对教材十分熟悉，还要有所拓宽和创新——想给学生一杯水，自己得有一桶水才行。老师们在备课时多方查找各种资料，对课堂教学过程仔细整理并渗入自己的创新因素，期冀每堂课都能让学生眼前一亮且收获多多——师心和父母心是一样的，总想把最好的都给学生，总想把自己拥有的都奉献给学生，也总想让学生们"一口吃成个胖子"。磨课组老师们对授课老师的备课初稿进行分析、提点，每个老师都从自己的角度提出问题，大家的思想碰撞出创新的火花，被授课老师合理借鉴、执笔修改后，进入试讲阶段。那些琐碎而具体的问题，只有在试讲中才能发现：试讲中要一字一句一个标点一个图案一个手势一个表情地推敲、修改——这个反复演练、试讲的过程可能需要七八次甚至十多次。这反反复复不厌其烦的斟酌修改就是"磨"，教研员们、老师们在这个过程中付出了极大的耐心和大量的心血。这个"磨"，就是武侠作品中武林高手的"十年磨一剑"的"磨"，是戏剧演员"台上一分钟，台下十年功"的"磨"，一节《空中课堂》播放的好课，其艰辛和不易真的只有这个"磨"字能道出来！

这天上午，初中语文磨课室有三个女老师准备的课程要进行打磨。第一个要磨的课，是永宁望远中学八年级的小任老师准备的《在长江源头各拉丹冬》一文的第二课时，这天已经是第四次磨课了。

小任毕业已经10年，看上去也就二十五六岁——据说和孩子们在一起久了，都显年轻。小任长相甜美，眼神温柔，充满朝气和活力，开口说话时，嗓音很亮，普通话标准。磨课时，她站立在屏幕一侧，拿着文字讲稿，对着屏幕上的文字进行讲述；安奇老师站在另一侧，一边上前用手或笔在屏幕上圈圈点点指出需要修改完善之处，一边还用手机录音和计时；王敏老师坐在台下盯着电脑上的课件，根据小任的讲述和安奇老师的意见对原稿进行修改。那真是逐字逐句推敲啊！

《在长江源头各拉丹冬》是初中语文八年级下册第18课的课文，记述了作者跟随摄制组在各拉丹冬游览的经历，描写了雪域高原的壮美景色，展现了大自然的伟大和神奇，表达了作者观瞻如此壮景时由衷涌出的豪情。

小任设计的本节课的学习目标是：1. 品味本文看似随意实则精巧的语言，体会这种语言的妙处。2. 学习移步换景的写作方法。

在讲授中，老师提出疑问："作者看到了哪些景物？""作者看到的景物是如何呈现的？"——这两个提问，哪一个说法更合适、学生更能体会到作者语言的妙处，三位老师为此细加推敲；讲授作者移步换景的写作方法时，老师要说"作者立足于"还是"作者的第二个立足点是"更能让学生明白？又是一番商讨。

"从某种意义上讲，这样写表达了……"

"某种意义是什么意义？"安老师说着提笔将此句修改成"从思想感情的角度讲……"

诸如此类，都是很容易被忽视的问题，老师们不厌其烦地一遍遍修改，力求完美。一个页面的课件，一字一句修改过去，还要考虑字体的颜色、大小，上下行距是否美观，整体页面布局是否合理，学生从屏幕上观看最好能做到悦目。古人"吟安一个字，捻断数茎须"，今天的老师，为了20分钟的课程，也差不多要下同样的功夫了。一篇课文，两个课时，老师要写出8000字左右的讲稿，反复朗读和修改，直到审课的老师、磨课的老师和自己都觉得满意，直到站到摄像机前时能够熟练自如地结合身体语言和屏幕上的课件，流利地阐述出来。

磨课到了试讲阶段，授课老师必须站上讲台面对指导老师的"检阅"。如何沉稳、有序、巧妙地把握好课堂节奏，把集体的智慧结晶落落大方、张弛有度地展示给屏幕前的家长和学生，如何让孩子们能很好地掌握所授内容，老师的压力可想而知。同时，录制《空中课堂》又是教师充分展示自我、检验自我的好机会，每位教师都精心选课、备课，在磨课的整个过程当中格外认真、仔细、谨慎、专注。

授课老师上台讲课，其他老师在台下对其中可能存在的问题看得更准，对如何修正课件理解得更深刻。大家在一起磨课，讨论和交流的气氛认真而热烈，仿佛有说不完的话，难免就忘了时间。

这天上午，小任老师的课磨完一遍后，已经到了午饭时间。一直坐在后面边听课边在电脑上忙碌的一位中年女老师走上前来，对安奇老师说，她下午还要给初三的学生上四节课（3月25日，全区初三高三学生已经复课），看来只能下午放学后再赶过来磨课了。安老师和王老师两位教研员一听，说："那早晨应该先安排磨徐老师你的课嘛。你已经来了，就先看一遍课件的思路再走吧。下午上完四节课再来磨课，年轻人受得了，徐老师恐怕会累坏的。"

于是，徐老师把U盘插入电脑，打开大屏幕，几位老师围在屏幕前，一张张看完课件内容，简单交流了修改意见，徐老师就赶紧收拾东西回家了。徐老师的孩子因为疫情没有开学，已经给妈妈做好了午饭。徐老师说，最近比较幸福的是，每次忙完课回家，或者在家做课件忙忘了时间，都有现成饭吃。在家的孩子反过来开始照顾忙碌工作的家长，这个现象，在此次防疫和复学中，太多见了。

下午还有三个年轻的老师要磨课。他们上午早早就来了，一直在磨课室边听课边做准备。吃过盒饭后，大家继续忙碌。

来自十三中的小马老师去年才大学毕业，风华正茂，阳光帅气，看上去还是个大男孩。这一天他要试讲的课文是马克·吐温的《登勃朗峰》第二课时，课件可谓图文并茂，既有照片又有地形图示，直观而引人入胜。从文字内容看得出他也下了一番苦功，还拓展了很多内容，比如马克·吐温的生平和创作成就，但小马老师对"的、地、得"的用法有些混淆，由安老师和另一位教研员李冬梅老师一一给予纠正。课后作业，小马老师的课件上是这样要求学生的："写上山，作者用散文笔法，描绘山中奇景；写下山，作者用小说笔法，叙述奇人奇事。请选择其中一种写法，写一篇三百字左右的短文。"

这个作业对大多数初中学生来说，恐怕不那么好完成。

安老师上前，把最后一句修改成了"请写一篇三百字左右的赏析。"

小马老师暗想：姜还是老的辣啊！自己在教学设计时，忽视了学生的理解水平和写作能力。

但安老师考虑的不只是学生完成是否有难度的问题，还有，这个小练笔与课本后面的作文训练是否冲突？虽然不同的学习内容是由不同的老师录制的，但语文教学的系统性是一脉相承不可各顾各的。"安老师考虑得很周到。"小马心想，自己要学习得太多了。

老师们做的课件，经过了十遍八遍的改动，错用一个标点符号，都逃不脱教研员们的"火眼金睛"。课件的修改是"牵一发而动全身"的，一个小小的错误，就得改动好几张幻灯片。为了确保不出现播放错误，画面不能有跳跃感，所以课件都用截图，不选择动画插入。考虑到孩子们观看的舒适度，课件中不能出现红色。而语文教学中重点字词需要标注出来，避免用红色，还得醒目，还要考虑整个画面的颜色和谐……老师们在教研员的要求和指导下一遍一遍地修改，没有任何怨言。可以说，每一次修改课件，每一次磨课，都是一次针对性极强的培训，老师们感到受益匪浅。有校长感慨万千地总结说，每一节成功录制的课程，培训了校长、主管领导、骨干教师、录课教师、青年教师等五个层次的教学人员，而且培训效果比以前的任何培训都要显著。

在备课、磨课的过程中，教研员等经验丰富、思想敏锐的前辈，发现一些青年教师在落实正确的教学理念方面还存在问题——就拿语文这门学科来说，从2019年秋季开始，全国中小学均使用教育部统一编印的语文教材。这套课本采取"语文素养"和"人文精神"两条线相结合的方式编排内容。"语文素养"重在听、说、读、写等基本知识和能力的训练，"人文精神"重在选文的思想性，意在发挥语文学科独特的育人价值，以文化人。

统编教材使用时间短，有些教师还不能很好地理解教材变化与语文教学的整体关系，对于教材所承载的加强中华优秀传统文化教育、革命传统教育、国家主权教育，彰显中华民族文化自信的意义认识不足。在解读教材时，可能出现就课文内容而设计教学，认为只要学生理解了课文的思想内涵和人文精神，就达到了目标，不能融会贯通地"跳出课文看课文"。好在，磨课组的所有人都会帮助录课老师，大家一起集思广益设计好教学流程，然后再请有经验、有高度的各级教研员、学科专家听课把关，前期群策群力地磨课十分关键和重要。新课程要求"以学生的学习为主体"，也就是构建"生本课堂"。这一理念在平时的课堂教学中做得还不错，但《空中课堂》不同于传统课堂，教和学不在一个时空，一些青年教师在设计教学时，更多考虑的是自己的教学怎么才能顺利完成、怎样设计环节才能出彩，对网络那头学习的孩子们如何接受关注不够。

银川市教科所小学语文教研员仇千记老师是小学语文专家，经验丰富，担任五六年级录课老师的指导任务。

小马老师在初次设计小学语文《猫》这篇课文的生字教学时，范写选择的字是"忧"和"贪"，为什么选择指导这两个字，而不是比较难写的"虑"和"遭"呢？小马不好意思地说，《空中课堂》录制时，板书一笔一画都会给特写镜头，她怕这两个字在黑板上写不好。听了她的顾虑，磨课组讨论认为，还是必须从学生需要出发，对这个环节进行修改：小马在录制的课堂上，要示范学生不易写好的"虑"和"遭"这两个字。录课前，小马反复练习，正式录课中，板书的这两个字规范、漂亮。

老师们在"顺课件、走流程"时，一开始，因为眼前看不到学生，难免会出现心中也"忘了"学生的问题。比如提出一个疑问，马上展示正确答案——没有给屏幕前的学生们思考的时间。比如在指导生字书写的环节，老师板书示范后，就要求学生在练习本上写一遍，但是留给学生书写的时间也就几秒钟，学生根本无法完成，更谈不上写得美观了。老师之所以急匆匆抛出答案，是因为面对空气教学，看不到学生回答问题或书写汉字，感觉非常不习惯。仇千记老师让授课老师将干等学生书写生字的环节，改为和学生一起再写一遍生字，也就是学生在电视机前书写时，老师同时回身在黑板上再写一遍，和学生同步完成。这样就很好地解决了《空中课堂》留给学生仿写生字时间不足的问题。

《空中课堂》是特殊时期的特殊课堂，老师面前没有学生，无法很好地互动。仇千记老师指出，无法当面互动，可以隔空互动。《猫》这一课的教学，当学完第二部分进行总结时，老师说："这真是一幅猫亲人、人爱猫的温馨画面！"随机，课件出示了"亲"和"爱"两个字，没有给学生思考的时间。仇老师建议改为完形填空的形式："猫__人""人__猫"，引导学生在电视机前面思考，在大脑的词库里搜索合适的词语，老师随后再出示"猫亲人、人爱猫"，这样就达到了"隔空互动"的目的。

这样让老师心中有学生、与学生"隔空互动"的例子不胜枚举。

在《母鸡》这篇课文的第一课时导入环节，小盛老师最初是这么说的："上节课我们通过学习老舍先生笔下的《猫》，知道了猫虽然是一种很平常的小动物，但是在热爱生活的老舍先生看来，猫却如同一个既可爱又淘气的孩子。那么，老舍先生眼里的母鸡又是怎样的呢？"

指导老师们听了，认为这样的导语把学习的重点引向了"猫"和"母鸡"两种小动物，似乎是为了让学生通过学习课文了解母鸡这种动物的生物属性和个性特点。仇千记老师说这不是语文课重点要做的事儿，这篇课文教学的目的是学习语言大师的语言运用和写作手法，而不只是认识小动物。他建议将导语改为："上节课我们学习了《猫》这篇课文，语言大师老舍先生以口语化的描述，将猫的古怪性格和小猫满月时的淘气可爱娓娓道来，字里行间流露出对猫的喜爱之情。通过预习我们知道，老舍先生也写母鸡了，看看这位语言大师又是如何描写母鸡的？"——这就是关注语言了，这样的导语就是在引导学生通过文本学习语言、运用语言，从而学会更好地运用祖国的语言文字进行口头和书面的表达。

小盛等年轻老师恍然大悟，"学文如聚沙，学理如建塔"，老师引导学生聚焦文章的选材立意，品味作家的布局谋篇和语言艺术，并进行同一作家或同类篇目的阅读欣赏，或进一步引导学生对作家笔下精彩片段仿写的过程，其实就是"聚沙"的过程，也就是关注"语文素养"的过程。

另外，《猫》这篇课文的教学任务之一是仿写。初次设计教学环节时，小马老师只将"小练笔"的要求读了一遍，把仿写布置为课后作业。她觉得，《空中课堂》时间太短，没办法让学生当堂练习仿写。仇老师听了之后，建议小马把老舍的原文再次细致地分析讲解，向学生指出原文写了猫看似矛盾的性格——"老实"和"贪玩"，其中一段话用了转折词"可是"，并分别举了一个事例说明猫是如何"老实"和"贪玩"的，将这只猫看似矛盾的性格表现得十分突出。仇老师说，只有经过老师这样的点拨，学生才能真正学会仿写。这个教学建议，令参与磨课的老师频频点头。

"名师出高徒"，经过仇千记老师的指点，小马设计的仿写环节非常扎实。她不仅仔细分析了老舍先生的这段话，还为电视机前的孩子们举了两个例子："妈妈既严厉又温柔""小狗既机灵又迟钝"。并且让自己班上的学生仿写了表现"小狗既机灵又迟钝"的一段文字，作为例文，录音展示给隔空听讲的学生。这样的教学能真正降低"小练笔"的难度，让孩子们对仿写不再那么畏惧。

您好，我是120紧急救援中心

120救援中心副主任乔毅，身穿带有"国际救援标识"的白色制服，显得干练沉稳，又不失亲和爽朗。从2017年7月起，银川市120就成为了国际第248家、国内第14家、全区第1家获得"国际绩优急救中心"认证单位，这标志着宁夏120的调度能力和水平进入了提速发展的快车道。

在银川市滨河大桥边上，一座拔地而起的大楼于2019年年初正式启用，并由宁夏120急救网络一体化建设项目、宁夏120智慧急救云平台、宁夏120信息监控预警平台三大网络平台为主干、分布覆盖全区各市县医疗机构的互联互通，形成了全区120统一指挥调度的网络格局，也实现了全区从原始接警到120智能调度的跨越、从"裸奔"

救护车到智慧救护车的跨越、从传统门诊到集无线传输、远程会诊、智能装备于一身的信息化救援的全面跨越。说得再简单一点就是：遇到突发事件，通过宁夏120信息监控预警平台可以实现对三甲医院应急床位数的监测，了解在岗医生、护士、驾驶员的值班情况，同时对出诊车辆的行车轨迹及动态实时监测，能够全方位了解突发事件的各个环节，做到迅速、优质、高效地指挥调度和处置。

急救中心指挥调度科副科长魏凤霞说，在疫情暴发初期，以往调度科有序的工作环节被打乱了，工作量陡增，仅接警电话就翻了数倍，因此调度员席位从三位增加到四位，整个接诊处置流程发生了很大的变化，而且随时变化。作为120救援中心的重中之重，指挥调度科和其他科室一样，高度紧张，加班加点日夜奋战，从疫情开始他们便全员在岗，随时待命，随时照指令调度。在偌大的调度室内，整面墙的智能调度大屏幕格外醒目，四个席位上的90后女孩正在进行着接线工作。这些调度员可不一般，别看她们年轻，却都是获得国际急救调度资格证书、经过岗位严格培训实习毕业的。从她们接通电话起，就用温暖动听的声音与求救者建立了"希望"的关联。在问过地址、姓名、电话号码的两分钟内就将救护车派出，但调度员手中的电话却不会挂掉，而是沉着冷静地指挥着患者身边的人对急发症患者进行协助救治，直到救护车到来，为救治赢得了宝贵的时间，使许多处在生死边缘的患者重回人间。

一位名叫白光楠的年轻调度员讲了不久前发生的一件事。那天白光楠接到了一位八十岁的老人被食物卡住喉咙的求救电话，情况十分危急。白光楠派出救护车后便沉着、机智地继续用电话指挥着老人的儿子用"海姆立克"急救法救助老人，救助成功！其实在调度科，成功救助的事例还真不少，就拿许多生二胎的家庭来说吧，二胎不比头胎，来得快，有的孕妇预产时间还没到突然要生了，连去医院的时间都没有，丈夫情急之中给120打电话，就在调度员派出车的同时，还用电话指挥着丈夫为妻子接生成功的案例不在少数。正如急救中心乔毅主任向人们承诺的那样：在任何时候任何情况下，只要有急救需要，请拨打120急救电话，我们会认真接好每一通电话。因为120专线是一条生命线，电话线的两边虽说都是陌生人，但请相信，我们"救"在你们的身边！

新冠肺炎疫情初期，也就是2020年1月22日8时至2月16日8时这一阶段，调度科接听电话总量达到11580次，受理3260次，派车2980趟，有效出车2674趟，救治人数2730人。在疫情高发期，副主任乔毅的手机24小时都不停，所要应对的各单位紧急事务层出不穷，上下协调，由于说话太多声音嘶哑，导致最后都说不出话来。但是，急救中心的在岗人员虽说大家分工不同，可哪一个不是在特殊时期奋不顾身地投入战斗呢！有一位年轻的调度员说道："2003年'非典'时期我还是个孩子，对疫情没有什么感觉，可这次我已经是一个孩子的妈妈了，我非常害怕，因为责任重大！工作和生活都让我们有了使命，所以必须努力，必须付出真心！"

除了调度科，院前急救也是一块不同寻常的阵地。可以说他们便是突发情况中驰援路上的救兵了！通常救护车由一名医生、一名护士、一名司机三个人组成。所谓"院前"，正是与"死神"抢时间、抢急发患者来不及到达医院之前的那一点时间。院前急救科医生朱瑾说，120救护车上的医生不是医院医生，而是现场医生。他曾经在部队时是一名外科医生，转业后分到市医院急救科，120从医院分离出来的时候他就做了"现场医生"，这一干也20多年了。但到了新冠肺炎疫情初期，除了日常的急救工作，他们还承担起新冠肺炎患者、疑似患者、密接者的接送转运工作。大年初一早上6点多，朱瑾接到了指令，派他去接一名从武汉回来的确诊患者，这是120急救中心接到的第一例新冠肺炎患者。

朱瑾开始做准备，他说怕是没有啥可怕的，自己是干这个工作的，又在这么一个特殊的时期，只能勇敢面对。在院前急救干了这么多年，见惯了生死，也练就了沉稳、淡定。加之疫情初期一直在医院接受防护方面的培训，曾经也经历过"非典"、甲流等传染病，对于防护有着一定的经验。朱瑾唯一有点忐忑的是怕患者的情绪不稳定，不配合，近距离接触该怎么处理。见面之后，是一位30岁的年轻人，朱瑾他们全身防护服，怕患者害怕，他首先温和地按照规范询问了对方的个人信息，核对之后朱瑾安慰他说不要怕，既然有些症状，咱们到指定医院治疗就是了。车子是负压车，路上会有一点颠簸，不要紧张。结果这个年轻人非常配合，也使得朱瑾的第一次接送任务完成得很顺利。

接到第二次指令的当天，朱瑾就接送过三户人家，其中让他印象深刻的是晚上11点多了，收到的指令是从第三人民医院接一个11岁小女孩，将她转送到第四人民医院（疫情发生后第四人民医院被指定收治确诊者医院）。小女孩的爸爸为确诊患者，住在四医院，妈妈是疑似患者住在三医院。朱瑾有些担心，一来是夜里，二来他们都穿得像太空人似的，怕孩子害怕，如果小孩哭闹就会引起一连串的麻烦。因此朱瑾看到小姑娘提着一小袋日常用品出来时，就非常和蔼地问她名字和基本情况，又问她害怕吗，小姑娘还挺坚强地说不怕，他接着说，因为特殊情况他们要把她送到她爸爸住的第四人民医院去，让她别害怕，还打趣地问："这是救护车，你没坐过，坐一次感受感受好吗？车厢全都消过毒的，这是负压车有一点点颠簸，没事的你别紧张好吗？"这种邻家大哥哥式的问话不但使孩子没有害怕，反而激发了她的好奇心，她很爽快地上了车，朱瑾将她顺利地送到了目的地。

后来，院前急救工作理顺了，分成日常接诊和特勤组两部分，朱瑾就回到日常接诊的工作岗位了。有一天，当他去接一个普通的急救患者时，却发现这位九十岁的老爷子面部发红，眼神涣散，有发烧迹象。家里站了一屋子人都没有戴口罩，而朱瑾他们因为常规接诊也只是普通防护。他询问时家属否认老人发烧，他用测温枪给老人测体温，已经是38度多的高烧了，但家人还坚持说没发烧，朱瑾只好用体温计给老人又量了一次，仍然是高烧。他问家属报警时为什么隐瞒发热情况，这时他们都支支吾吾不再辩解了。当朱瑾意识到事情的严重性要将患者送往市内三甲医院的发热门诊时，家人又阻挠了。后来在朱瑾耐心的劝说下才征得了家属的同意，安全将老人送走了。在这种危险情况下，朱瑾没有去想如果自己被感染怎么办，而是沉着冷静地应对着一切。之后他还表示了对患者家属的理解，想想看，如果老人这么大年纪被送去隔离，身边没有家人照顾，发生意外又该怎么办？谁家没有老人，这事换了自己又该怎么想？

李海艳是院前急救的一位女医生，之前就在市第一人民医院120院前急救科从事院前急救工作，是2007年1月银川市紧急救援中心成立时被划归过来的。多年来，她已经完全爱上了这个既辛苦又高度紧张的工作。作为一个女同志，家庭事业要兼顾，老人孩子都要管，而这个工作最大的问题就是时间不固定，随时处在"待命"状态。只要有指令发来，不管是刮风下雨，还是凌晨半夜，都要紧急出发。20多年来，她为了提高业务水平，利用业余时间不间断地学习着，完成了医疗本科的学业。由于在工作中表现突出，成绩优异，她曾先后多次被评为先进个人，所在班组也被评为先进班组。

在2003年"非典"和2009年的甲流疫情中，李海艳也都承担过危险的患者转运工作，有过突出的工作表现。她于2010年被授予自治区"抗甲流先进个人"称号。

新冠肺炎疫情暴发时，李海艳原本已经是科室的负责人，做行政工作，但疫情就是命令，转运工作更需要有经验的人手！她便毫不犹豫地申请到一线。其实李海艳现在的家庭担子更加重了，公公摔伤卧床需要人照顾，丈夫远在国外工作回不来，她一边要照顾家里，一边要随时待命出发，其间不知道克服了多少困难。在兰州、郑州两次长途接人的重任中，李海艳都是说走就走，毫不退缩。尽管在这些特殊转运过程中，工作人员大部分情况都以方便面当饭，可看到被接人员的无条件配合及各个工作环节的有序进行，李海艳感到非常欣慰。她现在只有一个心愿，就是病毒远远离去，世人都得平安！

韩宁峰是120急救车上的一名驾驶员，又是一名老党员，他干这个工作一干就是20多年，他也曾在"非典"、玉树地震中参加过救援转运工作，对灾难性的救援转运有着丰富的宝贵经验。当救援中心抽调人员组建"特勤组"时，韩宁峰便被组织抽调到特勤组。韩宁峰的女儿今年就要参加高考，他的妻子宽慰他说："全国抗疫形势这么严峻，你是专业人员，又是党员，女儿和家里的事有我呢，你只管上'前线'去吧！"妻子的支持让韩宁峰特别欣慰，使他为了大家抛下小家轻装上阵。在特勤组，韩宁峰是哪里需要就冲向哪里，工作积极主动，在转运患者的间歇，还不停地运送各种物资到各个相关部门。有同事受伤了，他替同事代班，长途转运患者的任务下来了，他义无反顾地出发。去兰州转运伊朗回国留学生、去北京接转境外回国人员，这一走就是好多天，无数次穿着防护服开着负压车，那种艰辛的滋味都被他默默地咽下。让他感触最深的，是那些辗转着回国后的留学生们在见到他们接转人员时都非常高兴，是终于回到家见到亲人的感觉！韩宁峰说，就凭这些，他觉得自己的付出非常值得。在北京工作的10天里，韩宁峰得到驻京办事处的好评：这位司机工作起来非常勤奋，严于律己，作风扎实！在疫情间工作的近60天中，他行程近10000公里，转运确诊患者7例，转运境外回国人员11名。每一次转运工作后，他都会进行一次14天的单独隔离。韩宁峰说道："既然选择了急救工作，就意味着要去奉献，将患者尽快送到医院及时救治，就是我的责任。"

是啊，这个世上从来没有英雄，也没有三头六臂的飞行侠。他们脱去制服，和我们普通人一样，也是妻子丈夫、父亲母亲、儿子女儿，也是工作单位的普通一员。但是，当情况危急、灾难来临时，是他们冲锋在前、舍生忘死，才为我们保住了一片岁月静好的天空！

他终于回到家

2020年2月9日23时许，丁洋拖着疲惫的步履回到了家。"这些天，我们经常这个点回家，都习惯了。"丁洋说。

丁洋是个90后退伍军人，如今在宁东铁路有限公司工作，是一名技术装备部的检车员。

1月31日，看到银川市发布的"疫情防控志愿者招募令"后，他立即到金凤区退役军人事务局和文明办报名，经过严格的甄选，成为一名疫情防控工作志愿者，并被派到临湖左岸社区。接到通知后，他把媳妇和才8个月大的娃送到丈母娘家，第一时间到社区报到。

先是在社区门口值守，后来和民警一起入户排查，协助社区做好居民信息统计工作——每天9时开始"上班"，22时左右回家。"我在部队的时候腰椎受过伤，现在天天吃药，这几天晚上回去躺下就不想动了。"丁洋捶着腰说。

"社区工作人员、民警、志愿者，大家其实都特别辛苦，面对疫情，每个人都在付出。"丁洋告诉记者，这几天他和民警一直在做入户排查工作，社区居民都很理解支持，几乎是每户排查完，居民都会给他们说一句"你们辛苦了"。丁洋感觉特别温暖。他说，入户排查工作需要挨家挨户跑，很辛苦也很重要，每个接到排查任务的社区网格员、民警和志愿者都特别细致和认真，目前临湖左岸社区已经入户排查1300户。

"记得刚开始填入户排查那会，我碰见一家人没口罩，问我能不能给他们找几个口罩，我回家给拿了十几个一次性口罩。"丁洋回忆起疫情开始的那些日子，口罩奇缺，咋办？

丁洋是个热心人，经常和退役的战友们参加各种爱心活动。疫情发生后，丁洋打算拿自己的工资买5000个口罩捐赠，但只买到了150个，丁洋就把这150个口罩捐给了自己所住的社区。他还发动同学和战友给社区捐赠口罩、方便面、蔬菜。

丁洋所在单位的领导知道丁洋在做志愿者，非常支持他，还鼓励丁洋的同事们也争当疫情防控志愿者。"父母、媳妇都支持我做志愿者，叮嘱我做好防护。"丁洋笑着说。

在丁洋的记事本上，有这样的记录：

> 初五在兰星加油站给车加油，我看见一个阿姨戴的是面纱口罩，正好出门时老妈多给了一个N90口罩，我就送给了她。

前几天物业保安师傅说他们口罩紧缺，我给了他们十几个口罩。

初六给社区捐赠了150个口罩……

"我是一名退役军人，也是一名入党积极分子。只要组织需要，我时刻准备着！"丁洋说。

怎么是个娃娃？让你们管事的人来

2020年是马蕾在银川市西夏区西花园路街道惠民社区居委会工作的第四个年头，不满23岁的她没有想到，春节之前居委会书记的一句临行嘱咐，让她这位年轻的社区宣传专干，在一夜之间成为担纲5个小区43栋居民楼3528户居民防疫工作的首席责任人。

马蕾是位回族姑娘，2016年7月毕业于宁夏国际语言学院，因为成绩优异，毕业后一心打算去国外深造。那段时期，马蕾待在家里，一边等待留学机会，一边憧憬着自己的未来。两个月过去了，时间对于年轻的她而言有些漫长，马蕾的父亲提议，不如先去社区找点事做，早一点接触社会，也是成长的需要。马蕾父亲因为工作关系，经常往来于社区居委会，看到其间不乏高学历的年轻人到社区工作，就萌生了让女儿来这里历练一段时间的想法。一贯懂事的马蕾同意了父亲的提议，便报名参加社区居委会的公岗考试。马蕾顺利通过考试，成了惠民社区居委会的一名网格员。居委会的工作让马蕾的视野更加开阔，以前她的主要交际对象是语言学校的同学们，平常关心与谈论的是读书学习、电影、旅游，或者自己将要前往留学的国外城市的生活与消费等话题，眼下她完全掉入了日常生活的鸡毛蒜皮中，低保、社保、妇女权益、邻里纠纷、法律援助、残疾人帮扶、小学生四点半课堂、社区老年人助困……她从来不知道平常生活在她身边的人，在看起来平安无事的每一天里，有这么多零碎复杂的需要和事情，即便从父母口中听到过一些，她也根本想象不到，这些事情谁来帮助作为普通人的居民去协调和办理。网格员就是要掌握自己所负责的若干栋楼上百户居民的家庭需要，就是要在他们需要帮助的时候，为他们找到解决的办法。居委会虽然对各项工作大多数时候可以按规则与程序处理，但碰上情况特殊的，一得有耐心，二得有头脑，知道如何为居民想办法，如果再碰上一位委屈和闲话一样多的居民，那就不知道得多花多少功夫了。令人意外的是，在社区待了一段时间，马蕾竟然越做越安心，她更多想的是怎么把自己手上的这份工作做好，出去留学的事情她再和同学谈起，或者自己想起来时，心里虽仍有不舍，却觉得那终将是一件离自己渐渐远去的未来了。一年很快过去，2017年，惠民社区成立了一支"党旗飘巷"志愿服务队，成员都是退休的老党员，共有26人，平均年龄60岁，他们在社区里进行义务巡逻，帮助调解邻里纠纷，有时候还会进行保护环境、政策宣传等活动。在年终的座谈会上，志愿服务队的老党员们每个人都为社区未来的发展提出了许多新点子新办法，社区居委会力量不够的部分，志愿者们主动提出来承担这部分的工作。坐在一旁的马蕾默默不语，心里始终在问自己——这些人和社区居民互不相识，做这些工作既花费时间，也毫无报偿，他们为什么会这么热心呢？答案其实很简单，就是帮一把居委会的工作，帮一把需要帮助的人。马蕾被这些人心中持久的善意和微小的善举所打动，就此坚定了在社区做下去的信心。

2020年春节前夕，银川市2019年的"创城"工作刚刚收尾，惠民社区居委会的书记因多年没有回成都老家，决定抽出几天时间回去看看亲人。临行前，居委会书记安排好春节期间的值班，又特别向已经成为社区居委会委员的马蕾交代了几句，放假期间，无论事情大小都由马蕾负责解决，她能解决的自己解决，有难度的就电话联系。1月23日下午，尽管在电视上看到宁夏已出现新冠肺炎确诊病例，马蕾和同事们还是决定在社区里挂上红艳艳的灯笼，节日就要来临，无论如何，红灯笼所寓意的吉祥与平安，都是她以及全体社区干部的心愿。下午将近5点，正在挂灯笼的马蕾接到西花园街道通知，迅速前往街道办事处参加视频会议。会开了两个多小时，会议传达了中央对新冠肺炎疫情防控工作的重要指示，和自治区针对疫情防控的最新安排和部署，同时又有银川市即刻进入防疫工作的各项紧急方案与要求。开完会出来，马蕾心情特别沉重，沉重之下，还有一丝慌乱，说什么她都想不到自己会遇上这种事，书记临行前说的那句"无论事情大小"，像是一句预言，把这件天大的事带到了她的眼前。怎么办呢？马蕾骑着她的电动车往居委会走，路上越想越害怕，这么大这么多的事情，从哪一头开始做呢？

惠民社区居委会有10位社区干部，年纪都比马蕾大，居委会书记临走前之所以将主要工作托付给马蕾，既是因为信任这位只有23岁的年轻姑娘，平常遇有居委会重大工作事项，她会有意将马蕾带在身边，她看到了马蕾对社区工作的认真与诚恳，所以这次离开，也是有意创造一次让马蕾成长的机会，然而这都是在不曾料到有危急疫情的前提下。马蕾确实有些慌，所以回到社区居委会，她立刻联系了远在四川的居委会书记，通过电话与之商议了最为紧急的几项防疫工作。毫无疑问，这是一次临危受命，马蕾年纪小阅历浅，若非疫情到来，她成长中的这一步，大约不会跨得这么大，这么突如其来。虽然社区书记没有在居委会工作群里特别交代马蕾的工作，但是大家不约而同认可了这个小姑娘将要承担的重任。

1月24日，大年三十上午9点，惠民社区居委会留在银川的工作人员全部到岗。马蕾按照上级部门要求的紧要工作事项，首先安排网格员入户摸底，寻找近期从湖北回来的居民，然后由她负责将摸底回来的数据填写并上报。下一项工作是告知社区居民疫情已经开始传播，务必减少出门、取消聚会。因为居委会人手有限，马蕾想到了"党旗飘巷"志愿服务队，她让居委会的一位党建专干负责联系，请他们组成巡逻队，立刻进入小区和沿街商铺进行宣传和劝导。各方任务布置下去后，马蕾自己负责另一项紧急工作——社区消杀。惠民社区居委会自己没有消杀能力，最初，马蕾毫无头绪，不知道这件事应该找哪个部门和单位来帮忙。这时街道那边传来消息，西夏区农牧局可以为西夏区需要帮助的小区进行消杀，农牧局那边有消毒液、专业消毒车辆、人力，但是车目前因没有汽油无法开出。经多方询问，马蕾得知要给这辆专业消毒车加汽油，要先到属地派出所凭本人身份证开具燃油证明，有了这个燃油证明，才能到加油站买到汽油。整个过程多少令马蕾焦头烂额，以往她从没做过这类与各个部门的协调工作，如今她总算摸清办事的程序，但到了一些相关部门，对方都会因为她的年轻，轻易地就撂下一句话——怎么是个娃娃？让你们管事的人来！马蕾一边着急，一边压住心里的委屈，她和所有人一样都知道这份工作的重要性，因此丝毫不敢怠惰，甚至比许多人更有热情与担当，但是人们不由分说就因为她的年轻而质疑她的工作，一次轻易的否定，一次不假思索的敷衍，都让她感到难过。

当消毒车顺利开进惠民社区的各个小区，马蕾已经把在之前的委屈抛在了脑后。她跟在消毒车后面，一边拍照，一边给司机指路，还要不停地接电话打电话，这一天，社区居委会里大事小事如同大风里的沙尘一并向她刮来，上一个电话还没接完，下一个电话已经打了进来，应接不暇的急事一件接着一件。整整一天下来，马蕾觉得自己在这十几个小时自己差不多做完了几个月要做的事情，但是她脑袋里想的事情却一点儿也没少，重量也丝毫没有减轻。这一天，马蕾内心感到了从未有过的疲惫，也是头一次真正体会到社区工作的困难与责任。为此，马蕾一边在心里期盼社区书记能够早点回来，一边给自己打气，只要她在这个岗位一天，就要担起这个岗位的职责。

万事开头难，但后来的工作也不轻松。疫情日益严峻，防控一天比一天深入、细化和严格。病毒快速向全国扩散，由最初仅仅上报湖北返银人员的摸排工作，扩大为上报更多重点省市返银人员的信息，有令必行的日上报制度让社区居委会的工作量与日激增，居委会人手不够，马蕾有时候恨不得把睡觉时间也用来做统计和填报工作。银川市各小区实行封闭管理之前，惠民社区开始为居民办理出行卡。一户一张出行卡，并且有时间和次数限制。1月28日，一位居民来到居委会，要求给全家每个人都办理一张出行卡，被工作人员拒绝后便出言不逊，斥责马蕾拿着鸡毛当令箭，言辞间充满对社区居委会的鄙夷与不屑。以往马蕾感触不是很深，这次针对疫情的排查工作让马蕾再次体会到社区工作的不容易。入户摸排时，马蕾问得很细致，比如家庭人数、身份证信息、籍贯，家里近期有没有人从外地回来？近期有没有出行计划？目的地是哪里？问完这些，她还要再嘱咐一句少出门。虽然一再解释了入户摸排工作的必要性，但仍有不耐烦的居民会嚷嚷："疫情这么严重，你们还来入户，万一把病毒带给我们怎么办？"不只马蕾会遇到这种情况，入户摸排的社区工作者都有一肚子的委屈，他们每天入户都尽量隔着门，不面对面接触居民，每天入户回到居委会，都会给全身上下喷一遍消毒液，衣服表面被药液烧成了红色。但无论心里有多委屈，身体有多疲惫，马蕾和同事们第二天还是得继续完成下一步的入户摸排工作。

一天吃晚饭时，马蕾坐在爸爸身旁，终于绷不住哭了一通鼻子。爸爸心里也和女儿一样难过。沉默良久，马蕾的爸爸开口道，还是要认真做事，负起这个责任。那天之后，马蕾的爸爸也成了惠民社区的一位志愿者，马蕾从爸爸的行动中感受到了深切的父爱和爸爸身上与人为善的品质。

1月31日，惠民社区居委会书记在结束返银之后的居家隔离后回到工作岗位，马蕾心里喘了一大口气。临危受命、代行职责的这些日子里，马蕾既体会了什么叫无助与委屈，也更加领会到以微小琐碎著称的社区工作的不可或缺，当然，10天来的超强历练更验证了之前她对自己选择留在社区的认识，在惠民社区，她收获了更多宝贵的人生经验。

愿海晏河清，阖家欢

　　时间过得飞快，每个人似乎还沉浸在己亥年的酸甜苦辣中时，一只脚已经迈进了庚子年。2020年，是我们决胜脱贫攻坚的收官之年，更是全面建成小康社会的关键之年。这一年对于固原市原州区公安分局北塬派出所90后年轻民警李帅而言，则是他人生道路的分水岭，再有一个月，他就新晋为奶爸，将不再是父亲眼里的毛头小子。

　　2010年6月，李帅以优异的成绩从宁夏师范学院毕业，本来他可以当一名人民教师，可是从小就有从军梦的李帅把这四个字的后面两个字换成了"警察"，他成了一名人民警察。李帅踏上这条从警路可没有那么一帆风顺，兜兜转转用了7年的时光。毕业后，他在戒毒所实习过，在人社局"三支一扶"过，在发改委、交警支队、国企工作过。2017年，李帅无意间在网上看到了自治区统一招考事业编警务人员的通知，在他的努力下终于如愿以偿成了一名真正的人民警察。事业有了，第二年李帅又收获了爱情。成家立业，让年轻的李帅意气风发。2020年春节前夕，李帅掰着指头算着妻子的预产期，每一天都在即将为人父的喜悦和紧张中度过。

2020年1月22日（腊月二十八），李帅值班，当时所里已经公布了春节值班表，李帅看着排班表开心地对同事说："今年的排班挺好，我今天值完班，后面三十初一初二可以在家陪媳妇，媳妇都快生了，也没好好陪过。"当时，武汉疫情的消息已经在满天飞了，固原接二连三地下了几场往年少见的大雪，厚厚的雪把路边的松树压得弯下了它坚硬的臂膀，李帅和同事咯吱咯吱地走在雪路上去做节前例行安全检查。路上，两个年轻人热烈地讨论着疫情，他们的年轻和缺乏经验，让他们觉得武汉是多么遥远，和他们所在的地处西北边陲的固原城隔山隔水，遥不可及。他们还谈起了武汉的热干面，李帅嘴里哈着气说："这大冷的天只有咱的羊肉臊子面吃了最舒坦！"

让李帅和他的同事猝不及防的是，1月23日武汉宣布封城！封城的消息让李帅有点蒙。紧接着分局、派出所传达了有关新冠肺炎疫情防控通知。看着领导们个个严肃的面孔，还有电视、网络、广播铺天盖地关于武汉疫情的消息，让才当警察两年的李帅对眼下情境的紧迫性有了新的认识。中午，李帅匆匆忙忙赶回家中给妻子买了点吃的，让她好好在家待着，别乱跑。妻子是小学老师，正在放寒假，她叮嘱李帅出门要记得戴口罩。她在家里也时时关注着疫情消息，小两口开始因为疫情对孩子出生的影响有了隐隐的担忧。

　　下午，派出所接到群众举报，东海园区26号楼前停放着一个鄂 A 牌照的车辆，好像是从武汉回来的，领导打电话让李帅立刻过去核查。李帅从家火速赶往现场。到达现场，他立刻联系了车主本人，原来车主在2019年10月就回到了固原。李帅仔细核查了车主和车辆的回程信息，确认只是虚惊一场！他将核实结果迅速反馈所里，以便再有群众举报时所里可以第一时间告知群众，让群众安心。晚上，李帅翻着手机里的疫情新闻，心里很焦灼，他在默默盘算着第二天的工作安排。这时，所里下达了紧急通知：因疫情防控需要，现要求将辖区内的酒吧、网吧、洗浴等人员密集场所全部关停。从这时候起，李帅就开始了日夜颠倒地忙疫情防控工作。接到通知后，李帅开始一家家打电话，给商户们做解释，遇到难缠的商户说着说着就把电话撂了，李帅就一一做好标记，第二天一大早，就和同事们一起下社区，挨家挨户的检查这些场所的关停情况。有几个商户不想关门，说就靠过年的时候挣点活命钱，李帅就苦口婆心地给他们讲道理，国家的、小家的、外面的、身边的，最终说服他们贴上了封条。李帅说："我要是强制执行也可以呢，可他们都是辖区的居民，以后打交道的日子多着呢，他们挣钱也不容易，起早贪黑的。""人民公安为人民"是李帅从警后时刻警醒自己的座右铭。有空的时候，李帅喜欢读书，他说书中那么多名人名言，都不如"人民公安为人民"这句话让自己刻骨铭心。

　　早发现、早报告、早隔离、早治疗，是预防和控制新冠肺炎疫情最有效的办法。北塬派出所下辖11个社区。疫情防控初期，所里规定原则上谁的辖区谁负责，后根据疫情发展需要分成5个小组开展防控工作。李帅负责北塬派出所社区一组，主要工作是为东海园社区、金城花园社区人员的入户摸排、数据汇总、指令核查、防控宣传、重点人员建档管控等。东海园社区包括东海园区小区、康泰医院家属院、妇联家属院、西花园、福平苑5个小区；金城花园社区包括金城花园AB区、金城花园C区、宁源小区、外贸小区、供销社家属院、精英国际花园、税务小区。两个社区共有住户7094户，人口总数20139人，占北塬辖区总人口的近1/3。1月26日，李帅开始对辖区的四家宾馆开展登记排查工作。考虑到当时宾馆有外地住宿人员，因为疫情暂时不能回去，如果强制关门这些人就要流落街头，综合考量后，所里决定暂时不关闭宾馆，但要求宾馆严格落实消毒规定，落实双报告制度（一是向公安部门报告，二是向卫健部门报告），做好登记工作，每天上报住宿人员。紧接着，李帅又下社区，要求各小区物业开启门禁系统，每个小区只留一个大门进出，其余门全部封闭，严格控制人员随意进出。

1月27日，李帅接到通知，要求对从武汉回来的人员进行摸排，且必须逐个见面摸排。李帅看了一下登记册，1月17之前从武汉回来的人员有33人。摸排结束后，李帅连夜将这些人来固原的方式、事由、途经地等内容填入《三类人员表》，及时向上级作了汇报。这些基础工作，人员庞杂、数量繁多、内容丰富，每次统计，李帅做完手头工作都会帮助其他同志去完成数据录入工作。他们每一个人都在抢时间，只有居民区的数据准确，才能从源头杜绝病毒的传播！做完摸排上报工作，李帅又立刻扎进社区，协助社区人员在小区内做宣传，通知广大居民居家隔离、出门务必戴口罩，对广场上还在聚集聊天、跳舞的老年人进行劝离。一天下来，李帅喊得嗓子冒烟，走路走得腿直打战。天黑透了，所里的通知来了：取消节假日。

晚上很晚了李帅才回到家，妻子还在等他，说心里慌得很，睡不着。李帅把自己里里外外好好清洗消毒一番才敢靠近妻子："明天我送你回娘家吧，真没想到疫情有这么严重，我以后天天要接触从外省回来的人，主要还有从武汉来的，为了你和孩子，还是隔离开好。"妻子听了李帅的话，点点头说："你也要保护好自己，要天天给我报平安。"初三一大早，李帅把妻子送回娘家，在去单位的路上给自己买了些泡面、火腿肠、面包之类的食物。

1月30日，连续几天都在核查人员信息的李帅，回家换洗了一下衣服。1月31日凌晨，李帅突然接到领导电话，说他负责的辖区今晚会有两个密切接触者回来，预计凌晨3点左右到机场，专车送他们回各自的居住小区。所里要求李帅随时待命，二人入户后立刻见面建档。本来累得躺下就能睡着的李帅，紧张得翻来覆去睡不踏实，抱着手机，和衣躺在沙发上，迷迷糊糊地熬到凌晨5点时，手机铃声大作。李帅一下子从沙发上跳了下来，手机差点飞了出去。电话那边的人给李帅说，这两个人一个从北京回来，住在东海园区38号楼。一个从福建回来，住金城花园16号楼。他们乘坐的交通工具上都发现了确诊病例，属于密切接触者。挂了电话，李帅心里更忐忑了，自己没有防护服、护目镜，只有一个口罩，怎么防护呢？李帅在房子里转了一圈，从厨房拿了一双一次性塑料手套，又找了个小喷壶，把家里的白酒灌了些，想着入户前喷一喷消毒。

李帅带着自己的"防护物资"，开着警车飞驰而去。敲开门后，对方很配合，也知道主动保持一米以上距离。李帅快速地登记完信息，给他们仔细地讲了隔离措施，在房门上张贴好"居家隔离"标识，并给对方留下自己的电话和社区工作人员的电话，告诉他们要是有生活物品需要购买或者其他需求，可随时联系工作人员。跑完两个小区，做完这些工作，已是早上7点多。"去之前挺害怕，门一敲开，就忘了，只知道忙着干活了。"李帅说。李帅每天都定时询问他们体温是否正常，叮嘱他们按时量体温。"有时候想想，家里的老人病了，我也没这么耐心地伺候过。"

"为了工作方便，我干脆和社区的同志一起在东海园区小区的西二门搭了帐篷，2月6日，我们又成立了临时党支部。这种直接驻扎到社区的方式，确实为快速登记核实信息省了不少时间，但也遭了不少罪。那几天，雪化了，天冷得很，帐篷里就一个小电暖气，起不了多大作用，汇总表格的时候敲键盘的手指头都冻木了。长这么大，我还是第一次冻得脚发痒。到2月1日，我累计摸排了从武汉、湖北各地返回人员约78人。看着不断上涨的数字，心里有说不出的滋味。"

2月5日，原州区分局根据上级通知要求，对各所下了最新指令，要求结合"千警进万家"活动，各派出所对辖区所有居民再来一次大摸底，要逐家逐户上门登记，做到"不漏一户，不漏一人"。接到指令，北塬派出所立刻召开专题紧急会议，对各组负责人作了传达。所长最后总结时，非常严肃地说："同志们，时间紧，任务重，可是疫情摆在眼前，老百姓的安危在旦夕之间，疫情防控是我们当下最紧急最重要的任务和责任，若是有人玩忽职守，出现问题，就地免职!"会议一结束，李帅立即电话联系协调社区，迅速召开了小组会议传达指令精神并为下一步工作作部署，参会人员有社区主任，以及抽调的其他单位的志愿者，总共18人。会上决定，这次排查要责任到人，每人负责4栋楼，逐户上门摸排，5天之内必须完成摸排工作。辖区内的东海园区属于老旧小区，除了4栋小高层有电梯外，其余都要爬6层楼梯，李帅给自己分了4栋没有电梯的居民楼。这次入户摸排，李帅共摸排233户614人。大家都在规定时间内报来了摸排信息，紧跟着又一起加班加点汇总表格上报所里，圆满完成了任务。"这次疫情让我第一次深切感受到全民总动员的力量，我们的民族是团结的民族，我们的人民是天底下最好的人民。"李帅说，"我这可不是矫情，而是真实的感受。"

2月10日那天，李帅在一线核查重点防控人员信息，妻子突然发来微信："孩子胎心不稳，大夫让做剖宫产，必须要家属签字，你能不能来签字？我很害怕……"李帅一下子慌了神，怎么就胎心不稳了呢？孩子不会有什么问题吧？李帅赶紧给所长打电话请了假，安顿好工作才慌里慌张地往医院赶。

"一路上脑子里啥想法都有，还尽是不好的。签字的时候手抖得不行，大夫安慰我说，小伙子，没事，孩子提前或者推后半个月出生都是常有的事，别担心。签好字，大概过了两个小时小家伙就出生了，母女平安！之前我天天想和孩子会以什么样的方式见面，可我做梦也没想到会是这么狼狈紧张害怕……"

女儿出生后，李帅发了一条朋友圈：

庚子年春正月，十七日，吾女暮诞，重伍斤捌两。受天恩，占玉堂，性温良，状安详，绝世独立，双目清泓。然此时疫情肆虐，愿红颜惊世止住，还海晏河清，阖家欢。母女平安，告诸君，望佑之。

"愿海晏河清，阖家欢。"这就是李帅这个90后民警对女儿、对社会最美好最真诚的祈愿。我们的国家因为有千千万万个像李帅这样的在民族大义面前能够毅然决然挺身而出，舍小家保大家的青年志士而蒸蒸日上、欣欣向荣。他们无愧于"疫情在前、警察不退"的庄严承诺，他们向党和人民交上了一份合格的答卷。

"主播"的故事

　　小公老师是一位虚心好学的90后，温柔又活泼的她外形姣好事业心强，既是小学生们喜爱的老师又是家里的独生女、"小公主"。被选为录课老师之后，她对"主播"的工作充满了好奇，心里甚至有点抑制不住的兴奋。在领导和同事的帮助下，她积极认真地做了细致入微的准备工作。经过一番努力，课件定稿，然后是一遍遍地练习试讲，终于觉得每个环节都熟记于心了，才满怀信心地去教育厅给教研员等专家们演示。可是，第一次像主持人一样站在那么大的舞台上，面对那么多灯光和摄像机时，大脑瞬间一片空白。她感觉自己不是在讲课，而是在机械地背台词，很不自然，一下子就慌了神。

中止试讲，小公很难过，反复问自己：问题究竟出在哪里？想来想去，她觉得还是自己不熟悉《空中课堂》的教学环节，不适应"眼中无学生，心中有学生"的环境，而且对于这种新的教学模式太过兴奋、好奇……回家后，小公调整状态，对着家人演练，可没讲几句，家里人就忍不住笑场了。小公不知道他们为何而笑，觉得家人不配合自己的工作，生了一阵闷气。家人对她劝慰开导了一番，指出存在的问题，又接着陪她练，一直到双方都觉得不错了才停了下来。

第二次试讲，小公感觉自己的表现比前一天自然了许多，但又出现了叙述语言不够精准、简练、语气习惯性上扬等问题。《空中课堂》是电视录放教学节目，对教师语言的要求很高，除了要准确、简洁，还不能随意发挥，要注意语气语调。为了解决好"精"和"准"的问题，两个指导老师陪小公练到了半夜。最终，当小公录的课播放出来时，看到她落落大方、游刃有余的姿态，指导老师和家人，都为她竖起了大拇指。

说起来别有一番意趣的，是在录制《空中课堂》的老师中，也出现了"夫妻档"。

那天，孙雁秋和仇千记两位教研员将参与小学语文《空中课堂》录制的老师选定后，联系相关学校和老师后才发现，一位被选中的老师不在银川只能另选了银川市实验小学阅海校区的小郭老师。

两位教研员都曾经听过小郭的课，知道她教学很有实力。郭老师的丈夫张老师，曾获全国赛课一等奖，也是此次《空中课堂》做课、授课老师人选。仇千记老师感慨地说，防疫抗疫一线有夫妻医护人员、夫妻警察等，我们教育一线也有夫妻同登《空中课堂》，这也不失为一桩美谈啊！

三口之家，只有一台电脑，郭、张夫妻俩首先遇到的是设备不足的问题。接到任务后，他们立即分工，从网上下载教材，寻找可以参考的资料，同时向学校借来一台电脑以解燃眉之急。意外的是，原本计划一周后录制《空中课堂》的任务，突然提前了，三天后开录！瞬间，一切都要乱套了——网络教学之前只是作为传统校园教学的补充而已，这可怎么能一下子就"赶鸭子上架呢？"

手忙脚乱片刻后，他们很快冷静下来——与其他录课的老师相比，他们可是有优势的啊！在大家都不能现场开会集思广益的时候，他们还有彼此可以交流、提点啊！夫妻二人互为对方的眼睛和帮手，每天早早起来打开电脑，研读教材，设计流程，制作课件。坐的时间久了屁股硌得慌，就给椅子加一个垫子；颈椎酸了，就半靠在沙发上干活。早饭、午饭，只能让12岁的女儿帮他们做些简单方便的食物匆匆充饥。夜深人静时，他们家依然亮着灯，客厅里，小张还在苦苦思考怎样把《稚子弄冰》一文所表达的情感通俗地讲给学生听；卧室里，小郭趴在一张折叠方桌上，还在为选择哪一个设计方案而大伤脑筋。等他们撑不住要休息时，才想起女儿，再一看，女儿不知道什么时候已经和衣而卧睡着了。夫妻俩相视一笑，这段时间他们成了大忙人，女儿成了小大人。原来只顾着学习，与柴米油盐、打扫烹饪毫无关系的娇娇女，如今想尽办法给爸爸妈妈做鸡蛋炒饭、煮方便面加荷包蛋，把饭菜端到他们面前，递上筷子督促他们赶紧趁热吃的模样，就像一个小家长似的。

按照《空中课堂》的工作流程，郭、张两位老师的教学设计和课件制作完成后，需要传给指导老师仇千记教研员。一开始，不能当面沟通，仇老师在电脑上审读完他俩的教学设计和课件，列出具体的"建议清单"，之后再和他们通电话。

郭、张两位老师常常要忙到凌晨一点之后，才能完成课件和教学设计，有时候为1个小细节，他们会推敲到凌晨3点。仇千记老师知道郭、张两位责任心极强的老师，凌晨敲下最后一个汉字、做完最后一个课件并发送给他后，肯定已经极度疲惫，倒头就睡着了。他体贴地选择在早晨7点以后与他们交流。即使这样，打电话前，他还是不忍心惊扰他们，总是提前发个短信："方便时给我打个电话，与您交流改进意见。"每次刚发完短信，郭、张夫妻的电话就打了过来——重任在肩，即使睡得很晚，他们也已经早早起床了。

教书育人是一项比较复杂的工程，仇千记老师虽然经验丰富，是公认的专家，但他一直很谦逊地认为，不一定自己提出的所有建议都有价值、都适合于其他老师。所以，他和做课小组、录课老师的交流，都是慎重而严谨的。郭、张夫妻和其他老师一样，总是在电话那头虚心听取并积极应和仇老师的意见。但是有一次，仇老师自认为很有价值的一个教学建议，却被小郭"怠慢"了。怎么回事呢？

小郭在口语交际《走进他们的童年岁月》这节课中，最后一个环节设计了一个"学生采访老师"的情境。

"同学们，郭老师也有童年。你们想听吗？你可能想问，老师，您觉得自己童年中的哪件事最有趣、印象最深？那我就告诉你们吧。"

《空中课堂》是典型的"无学生上课"，老师一个人面对镜头自说自话，假装学生就在眼前——对于我们的老师来说，要轻轻松松变身"主播"谈何容易？尤其是语文教学中的口语交际课，在所有课型中最难应对，不在一个时空的师生，根本无法"交流"！小郭觉得，只能在"课堂"上自问自答，这样的设计，接下来她要用400多个文字，2分钟左右的时间叙述自己的童年故事，比如爸爸妈妈的勤劳能干，自己的"鼻子灵、嘴巴馋"的特点。仇老师琢磨再三，觉得这样的设计似乎不符合本次口语交际的交流内容，倒像《我的童年》的习作例文。仇老师建议她将这段自述换做一段家庭采访，用手机录制一个一两分钟的短视频呈现——让他们的女儿采访他们夫妻，请他们说说童年时期是如何过春节或端午节的——话题有现实意义，交互性较强，将原来的"习作例文"变成真正的口语交际，把一人"单线条口述"变成三人互动式采访，把学生听取叙述变成观看视频故事，在以讲为主的《空中课堂》教学中增加了吸引力和感染力。

一贯谦虚的小郭没有立刻接受仇老师的建议，犹豫再三后，她才说出自己的顾虑：录制这个视频会不会被别人误以为是在宣传自己一家？尤其会让全区所有五年级学生和家长发现给孩子们上课的郭、张两位老师是夫妻关系，有自我"炒作"之嫌。

其实这恰恰是仇千记老师设计这个教学内容的初衷之一：疫情发生以来，一些医生夫妻、警察夫妻共同奋战在抗疫一线的照片或视频经常引起人们的关注，唤起人们的信心，仇老师也总是格外受感动。郭、张二位老师是奋战在另一个抗疫战线中的"夫妻档"，如果让观看视频的学生发现两位老师是一家人，会让他们倍感亲切，会立即引发另一个口语交际活动——迫不及待地给身边的亲人告知这一"秘密"，甚至打电话与自己的同学交流与分享这个"逸闻"。从教学的角度看，这是口语交际课最好的拓展与延伸；从教育的角度讲，这也是真实、朴实、接地气的对美好事物的宣讲与传播。有什么不可以呢？

不仅小郭有忌惮，小张也有这样的心理顾虑——作为教师，他们习惯了默默无闻地付出，习惯了只问耕耘不问收获，但也深知"一切都要为了孩子"。在仇千记老师的开导下，他们承认，内心十分认可仇老师这个设计的多重价值，最终，他们一家三口录制了一段视频，呈现于《空中课堂》，效果很好。

可能很多人会以为，《空中课堂》中的老师会像播音员一样，坐在桌前，面对镜头，照着讲稿讲解即可。但开始录课后，老师们发现并非如此——没有讲桌，讲课老师的一言一行、一举一动全部暴露在观众面前；眼前有一个提词器，屏幕不大，视力不好的人很难看得清楚，而且三架摄像机排列在前面，讲课老师一变换站立的位置，望向提词器时才发现视线已经被摄像机遮住了。怎么办？只有一个办法，熟背"台词"！家里的镜子就是摄像机，身后的墙壁就是黑板，一遍又一遍地读，一遍又一遍地背，一遍又一遍地模拟演练。

夫妻"主播"郭、张二位老师，一人在卧室里练习，一人在客厅里背诵，一句简单的开场白"同学们好，欢迎收看《空中课堂》！我是银川市二十一小的张老师……""同学们好！欢迎收看《空中课堂》。我是银川市实验小学阅海校区的语文老师郭……"喊了不下几十遍。"单练"过后就是"合练"，夫妻俩一方做评委，另一方进行"仿真式"上课。有问题随时交流，得到对方的认可心里才踏实一些。

那天，小郭面对丈夫试讲《梅花魂》一文，突然，那台近来和他们一起没日没夜工作的"超时服役"的电脑瘫痪了，两课时的教学设计和课件全在电脑里！小郭情急之下眼泪喷涌而出。小张立即动手修复电脑系统，一个小时的提心吊胆和紧急抢修之后，电脑终于"活过来了"。满头汗水的丈夫与来不及擦去泪痕的妻子都长出了一口气。在这个无法串门、无法开会的特殊时期里，这对"夫妻档"的备课和演练，让其他对着镜子单练的老师们羡慕不已。

终于到了去电视台录课的那一天，当天要录的两个课时，郭、张二人已经烂熟于胸。初期，电视台鉴于疫情防控规定，连指导老师也不能到现场"观战"。仇千记老师反复申请，到录制第二场时，终于能到电视台现场目睹他们的实战表现了。

录制时要佩戴胸麦。为了画面效果，麦克风和连接线都不能外露。这时就需要别人帮忙，把麦克风从腰间穿过上衣内侧，藏到衣领下。女老师讲课，当然需要女同志为她做这些服务。剧务师傅不知道那天录课的两位是夫妻关系，对小郭说："到隔壁房间里，找个女同志给你别一下胸麦。"仇千记等在场的老师告诉剧务，今天可以不找女同志了，小郭老师的丈夫就在旁边。夫妻俩互相穿引完麦克风，剧务笑了："夫妻二人同上《空中课堂》，真是难得啊！"这一笑，大家紧张的心情都松弛了下来，录课的过程很顺利。

仇老师，郭、张夫妻俩对彼此录制的课程都十分熟悉。从教学环节到课件，从课文原文到讲稿，连对方板书的字数和"田字格黑板贴"的分布位置，他们都了然于胸。课前，一人打开课件、调试设备，另一位就替对方擦拭黑板、粘贴田字格；录制时，一人讲解，另一位就在旁边做场外提示。丈夫的个别发音略带方言语调，妻子在录制间隙进行"精准指导"；妻子容易口干，临时停录的间隙，丈夫赶紧递上水杯……就这样，课前不分昼夜的准备和演练，现场高度默契的配合与帮助，预计四个小时的录制任务，那天竟然提前一个小时完成。三位摄像人员高兴地说："天天不能按时结束，只能吃冷饭，今天可以按时吃个热乎饭了。"他们夫妻俩和指导的老师们，也开心地笑了——这真是累并快乐着啊！这快乐，因为夫妻同心，更多了几分温馨和甜蜜。

无独有偶，银川市金凤区良田回民中学的小王和小孙也是一对年轻的教师夫妻。妻子小王教语文，丈夫小孙教音乐，夫妻两人先后被选为参与录制《空中课堂》的老师。接到录课任务，他们将两个孩子交给姥姥——一位虽然聋哑但精明能干令人敬爱和信赖的老人，全身心投入到了录课工作中。

小王和小孙是热心公益的年轻人。疫情初起时，他们就张罗着主动打扫了自家所在小区的卫生，给小区各处喷洒了消毒水，还给邻居们分发了自己及早动手买来的口罩等物品。他们的孩子还小，大的五岁，小的一岁多，那些天，小王的母亲还在其大姐家，他们小夫妻是带着两个孩子冒着严寒做这些事的。老旧小区一向管理不善，居民们心有怨气，看到他们在小区里忙碌，误以为他们夫妻是物业或居委会的人，因为过去的积怨横加指责，小王有口难辨，委屈得哭了一鼻子。学校组织老师们参与各社区防疫工作，孩子们没地方交代没人照看，他们就带在身边，大人下车工作时，孩子锁在车里，开着暖气，让大的看着小的。录课开始，小王被选拔参与了金凤区在线课堂的录制，幸好这个时间母亲来帮她了。每天早上8点出门，中午不休息，晚上6点能回家算是很早了，晚饭后继续加班修改课件。一天天的磨课、录课、剪辑，最终小王老师顺利录制了七八年级的15节课程。这段从教以来最特殊的日子，一线教师变"网红"，还要通过网络督促学生上课、完成作业，有老师们的种种操心，疫情防控期间学生的学业没有耽误，小王觉得很欣慰。但被妈妈冷落的小儿子，变得不黏妈妈只认姥姥了，小王又有些小失落。想想有得必有失，也就心平气和了，姥姥笑着跟小孙道："儿子还小，好哄，迟早会认妈妈的。"

当教研员安奇老师的电话打过来时，小王正在帮爱人小孙反复录制音乐课空中教研的歌唱视频。她的第一反应是会不会打错了？她和安老师从未有过个人交流，只是在金凤区的一些教研活动上有过几次短暂的接触。这个时期，安老师来电话会是什么事呢？电话那头，安老师给小王老师安排了两节《空中课堂》的录播任务，简单地做了些指导，要求她尽快准备。

任务来得太突然，小王激动又忐忑，她很不自信。在她看来，前期能上《空中课堂》的老师都是老师中的佼佼者，比如她的丈夫孙老师，声乐修养优秀，授课功夫扎实。而自己一向都是寂寂无闻的，只会兢兢业业地按常规备课上课批作业，虽然也会择机给学生做心理辅导和思想工作，但总体来说，不是那种"能上大场面"的伶俐人儿。她还不知道，是金凤区教育局教研员李冬梅老师向安奇老师推荐了她。

看到妻子这么不自信、这么紧张，小孙鼓励她、安慰她，给她打气：相信教研员老师的专业眼光，相信你还有潜力等待挖掘！我会从始至终陪着你，为你拎包提鞋，给你当参谋，随时做好服务工作，加油！

丈夫连哄带劝，把小王逗乐了。在小孙的鼓励和帮助下，小王用心准备了一节课。她想，和平时上课应该没有什么不同，自己平时上课就是这样认真严谨的，而且在金凤区教育局也录过网课，应该没有问题。

平生第一次踏进教育厅，安奇老师、王敏老师和李冬梅老师正在审核一位老师的课件。小王看着那架势，不由得一阵紧张，手心里全是汗，平板电脑上的按键都失灵了，摁不动了。安老师看完小王准备的七年级下册名著推荐与阅读《骆驼祥子》第一课时的课件初稿后，思索了一会儿，从《空中课堂》开场语开始逐一纠正。小王准备了那么丰富精彩的开场白，被安老师简化为一句："同学们好，欢迎来到空中课堂。"梳理到作品背景时，小王的阐述中有"最黑暗，最痛苦"这样的字眼，为了验证这种说法的准确性，各位老师一起查找资料。经过商讨，最终选择了百度百科上对此文的背景介绍。小王发现，安老师不仅在帮她重新梳理上课的思路，连标点符号的使用，原文的引用，他都必须查找到出处才肯作罢。在讲解批注符号时，小王引用了《骆驼祥子》中关于祥子外在形象描写的三句话。安老师翻开原著，一直查找到页码和行数，一个字一个字盯，看有没有错别字。在小王表示对"圈点"的"点"这一说法自己也有疑惑时，安老师耐心地一遍一遍给她解释，他说："'点'能点出人物性格，能点出作品背景，能点出字词句背后更深层次的内容。"直到小王点头称是才算结束。

一节20分钟的课，第一次"磨"，从捋清教学思路到验证参考资料整整花两个小时。前面所做的工作貌似被否决了，但小王一点也不灰心，这种点对点、多对一的具体指导，让她有一种脑洞被打开豁然开朗的感觉——还是教研员老师站得高看得透啊，自己原来课件中对名著的分析，课堂设计中对学生的引导，完全可以做得更到位。回到家，她重新查找相关资料，研究课程标准，分析教材，坐在电脑面前，一直忙到凌晨两三点，按照安老师指导的思路重新设计出了《骆驼祥子》的第一课时。那一刻，她觉得，对于老师来说，"学无止境"这个词也完全可以作为座右铭！

功夫不负有心人，经过多次磨课，小王能够比较完美地呈现名著《骆驼祥子》的导读和赏析这节课了。录课那天，小孙陪着她去现场。虽然衣服是在家再三甄选过的，但往摄像机前一站，大家就是觉得上衣那暗色的条纹不合适。天干物燥，裤子带了静电，老是往腿上粘，不那么垂。王敏老师蹲下来用手蘸着水给小王捋裤腿，又打电话问别的老师借衣服，借到后小孙赶紧跑去帮妻子拿过来。小王感觉自己就像那传说中的大牌明星，那么多人为她的"登台表演"忙乱，很过意不去。借的衣服拿来一看，还是不满意，这可怎么办？一直严阵以待的摄像师傅说，这么好的老师这么好的课，可不能毁在衣服上啊！说完，跑去找电视台的主播，借了一件淡绿色的西装来。穿上一看，大家都觉得不错，这才开录。

当这堂课顺利录完的那一瞬间，小王心里有说不出的快乐和幸福。她深刻地认识到自己在短短十几天时间里得到的成长，不仅仅是教学水平这一方面。接下来，她又录制了好几节课。虽然没有了初上《空中课堂》的紧张，但每一次为了那20分钟的完美呈现所付出的辛苦是一样多的，所走过的路径和步骤，也是一步不少的。尤其令她难忘的是那一堂《古诗苑漫步》。

《古诗苑漫步》是语文教学中的综合实践活动，这样的课程内容关系到吟诵、唱颂，需要和音乐课来一场学科的融合，老师们一般都不知道怎么才能上好。小王接到要她录制这节课的任务后，也是不知道从何处下手。安奇老师不断给她梳理思路，让她树立起信心。在课程设计时，借助了爱人的力量——音乐老师小孙，会谱曲会弹琴，声乐也非常好，夫妻俩再三推敲，反复吟哦，让音乐课的一些元素进入到语文课中，诗苑漫步是边走边唱出来的，达到了这节课综合实践的目的。这样一堂珠联璧合趣味盎然的"古诗苑漫步"，给很多老师留下了深刻印象，也受到了学生们的欢迎和家长们的赞许，更成为了这对教坛夫妻最难忘的人生记忆、爱情见证。

"上电视"教学，对年轻的老师们来说，算得上教学生涯中的一件大事，外在穿着如何才能更加端庄雅致，让屏幕前的形象更显亲切大方？就拿语文老师们来说，多亏了自治区教育厅教研员邵桂玲老师，为大家查找、推荐了许多得体穿搭的图片，细致地指导老师们挑选服装。商场关门，家里没有满意的衣服，老师们就得网上购买。快递不流通，有位老师找了代购，收到的衣服不合身还不能退货，白白花了一千多块。录课的前一天，银川市有商场开门营业，老师们在紧张的磨课期间，挤时间去商场试穿选购，终于买上了既符合要求又合身的行头。录课老师的穿搭图片都是由仇千记老师转发给孙雁秋老师初审，再转发给教育厅服装审核组终审。

这每一堂20分钟的录像背后，从教学设计、课件准备、磨课，到衣着妆容、神态动作等小细节，有多少人付出了多少时间、多少心力啊！每一节课都是集体智慧的结晶，每一个课件都要达到完美，每一个授课老师背后，都有一个多达十余人的团队为其提供指导、帮助和服务。只要孩子们能够"停课不停学"，没有让居家防疫的时光白白流逝，掌握了文化知识，学会了自我管理，老师们就欣慰了。同时，宁夏的老师们衣着得体、落落大方的"主播"形象也令人赞叹。衣着问题虽只是录制课程时的一个小花絮，也能折射出专家团队和老师们的严谨、周密。点点滴滴的细致要求，也是对参与教师的审美培训。正如许多参与录制课程的老师所感叹的——一路走来，看到了自己的不足，提高了教学水平，认识了良师益友，发现了同人身上的闪光点和自己的潜力，那些辛苦都是值得的。

第三部分 | 迎接曙光
CHAPTER 3

暖心"段子"

2020年1月25日19时，大年初一，宁夏启动重大突发公共卫生事件一级响应。切断病毒传播，必须施行严格的紧急措施。这一天，宁夏回族自治区党委、政府出台了疫情防控"十条措施"，并要求"各地各部门主要负责同志都要坚守岗位，层层压实责任，密切协作配合，不折不扣把各项防控措施落实到位，保障好人民群众生命健康安全"。

1月27日，宁夏回族自治区党委常委会召开扩大会议，再次提出："防控机制要更加完善、务求高效，建立完善信息发布、部门协调、上下联动、问题处置机制，实现各方资源利用效益最大化、力量联动作用发挥最大化。"

病毒凶险，它袭击的目标是人，却仍然只能依靠人的力量来堵截它。全区上下，一场需要人人参与和守责的"战疫"开始了。

1月27日，家在固原市的卜旭伟，虽然没有接到上班通知，但还是在当天晚上提前赶回工作单位——西吉县人民法院。卜旭伟是西吉县人民法院震湖镇派出法庭的一名工作人员，这天之前，他一直与在武汉和岳阳工作的同学保持联系，既是为了关注疫情发展，也是想了解外地法治工作者参与抗疫的情况。得知同学们都已相继进入抗疫一线，卜旭伟又翻了翻这两天宁夏官方网站上的抗疫新闻、公告、通知，以及政府决策，觉得司法行业将马上行动，参与抗疫。

一张表情丰富的脸，一开口就能逗乐人，35岁的卜旭伟走到哪里都能给大家带来快乐。临走前，卜旭伟帮妻子把家里的冰箱塞得满满当当。然后，郑重其事地对妻子说，十个口罩，我拿走九个，剩下一个留给你，你带着两个娃娃待家里不要出门就行了。当老师的妻子早就习惯了卜旭伟这种半是诙谐半是庄重的性格，正是这种天生的幽默感。

成为一名派出法庭的法官，卜旭伟经历过内心的波动。刚到法院工作时，卜旭伟担任的是书记员工作。当时，他的"师傅"是一位全国模范法官，工作上勤恳周到、事无巨细，素来贪玩的卜旭伟觉得自己很幸运，凡事有"师傅"在，他很省心，也很舒心。两年后，卜旭伟因为工作优秀，被提升为审判员。刚刚结婚的他，和妻子都没吵过几次架，却整天要给别人办离婚案，他的心情有了变化。来自破碎婚姻的争吵和痛苦，让他原本对婚姻和家庭的简单想法蒙上了一层灰尘，让他几乎认为自己所从事的是一份"不好"的工作，不管自己如何幽默和乐观，他都改变和挽救不了那些家庭悲剧，更不能减少那些离婚夫妻内心的痛苦和对孩子的伤害。这些家庭的不幸，不会因为卜旭伟的心情与希望有所减少，但是工作也同时在丰富他对人、对情感和家庭的认知。一个人的力量是有限的，他不能改变更多人的生活，但却可以在生活和工作中坚守自己的立场与责任。几年后，用卜旭伟自己的话说，他摸索出了一个"窍门"，将生活与工作分开，绝不让工作中的负面情绪影响家庭和自己。从此，卜旭伟渐渐爱上了自己的审判员工作，工作之余，除了陪家人，有时间他就写写流水账，将某一天令他记忆犹新或者有趣的事情记录下来发在朋友圈，此外，就是收藏老物件。卜旭伟收藏老物件也和工作有关，他想为西吉县人民法院建一个20世纪八九十年代的"体验式博物馆"，把自己四处踅摸来的老物件——帽子、旧皮箱、凳子、证据柜、粮票、报纸、奖状等与法庭审判有关的东西，放在这个"博物馆"里。

1月28日，卜旭伟参加西吉县人民法院的党组扩大会议，会议传达完西吉县的防疫精神，紧接着就对法院的六十多位工作人员进行工作分工。全院分成三个小组，下到三个街道协助办事处进行入户摸排，精准上报从武汉和湖北其他地区返回西吉的人员。摸排结束后，1月30日，卜旭伟换到中街政府后院值守点值守。

2月6日，卜旭伟一连在朋友圈发了四条相同的信息："在家里不是隔离，你是在战斗啊！"

同样内容的微信发了四遍，这多少可以说明卜旭伟心中的焦急。西吉县中街政府后院名字叫得响亮，却是一个不折不扣的老旧小区，没有居委会，没有物业，没有基层管理组织，66户居民平常也散漫惯了。居民陈某从西安回来，符合居家隔离条件，但因年老、身患糖尿病，就以自己是糖尿患者需要锻炼为由，天天出门溜达。一天中午，值守人员向前来换岗的卜旭伟再次报告了陈某的违规行为，一向好脾气的卜旭伟这次发了火，他拿起电话，在电话里向对方发出最后警告：作为隔离对象，你必须遵守规矩，我是法院的，现在你的每句话都会被我录音，如果你再违反规定跑出来，别怪我们不客气！

居民时常有不听话的，值守点上也有问题出现。卜旭伟是这个值守点的组长，组里有九个人，算上他，还有两个干部、两个护林员、两个队伍军人、两个志愿者。因为职业缘故，护林员嗓门一贯大得震耳，熟悉他的人不以为然，但不了解的，还会以他是要和别人吵架。一天傍晚，小区里一位居民要开车进入小区，护林员当即一声大喊，停下！登记！护林员并不知道这位居民也是防疫人员，刚刚结束一天的下乡摸排工作，疲惫不说，也受了不少气，此刻正为就要回到家里而松下一口气，却猛地遭人大喝，随即心生不快，当下与护林员发生了口角。

值守点上发生的事情越来越多，防疫要求越来越严格，情急之下，卜旭伟乐观幽默的天性起了作用，为他化解了压力，更收获了意想不到的防疫效果。2月7日这天，卜旭伟以"中街政府后院值守同志"的名义，一口气写了四个段子，将这些天值守出现的问题以活泼暖心的口吻记录并张贴在值守点的帐篷上。

三号楼的张兄弟：你昨天一共出门两次，每次说有事，但我们发现你只是在门口逛一逛，我们知道你一定在家无聊了，你很健康很快乐，建议你联系团委当一名志愿者。

一号楼的马大叔：昨夜你火急火燎地开车去医院，你女儿说你吃饭时把舌头咬得流血了，在这个特殊时期，不管干什么都要保护好自己啊。

三号楼的李大哥：你早出晚归肯定出去值班了，你抱怨护林员同志态度不好，我们注意到了，我们批评了他，但他不是对你一个人态度不好，是赶羊护林的语气习惯了。我们认为问题不大，我们坚定地相信在护林员同志语气没有温柔时，你和我们一道会打赢这场防疫战争。

二号楼的王大爷：经过统计，您昨天一共出门买了四次菜，我们建议您将财政大权交给儿媳妇，她出去一次就能搞定，您老人家就不要再这么调皮了。

为使更多人看到，卜旭伟把这些打印出来的段子在登记册旁也放了一份，一些住户看到这些段子后，有的拍照发朋友圈，有的与值守人员加微信好友，一时间，被冰雪环绕的值守点多了许多相互理解的欢声笑语。2月8日晚，卜旭伟把这四条段子做成微视频发在了抖音上。2月9日，一早醒来，卜旭伟打开抖音，发现昨晚发的那条视频播放量过了一百万，点赞数接近一万。卜旭伟不敢相信这是真的，他觉得不过是几张纸而已。再看网友在这条视频下的留言，才确信自己的这条抖音真的火了。"我公公就是这样的，出门好几次也买不回来啥""暖心又人性化，可爱的防控人员辛苦了""哈哈哈，我喜欢你们居委会，喜欢你们这么人性化的回答，喜欢你们""德云社出来的吧""挺可爱的，我看那位叔不去当志愿者也不好意思出来了吧"……网友们的回复也温暖了卜旭伟。

几天之间，"中街政府后院值守点"在西吉县变得家喻户晓。"固原中院""固原大城小事""宁夏高级人民法院"等公众号，宁夏日报客户端、新华社客户端等新闻媒体客户端都报道了卜旭伟用"调皮话"巧劝"调皮人"的故事，卜旭伟成了名副其实的网红。

2月15日，卜旭伟在值班间隙，又写了四条段子。他边写边想，希望这四条段子是"中街政府后院值守点"的最后一期劝导书，希望小区居民已经具备自我管理的能力。

二号楼的马大叔：您别丢完垃圾绕着垃圾箱老转圈，我们看着都晕，您老人家回去给阿姨打扫打扫卫生，做做饭，估计就没这么郁闷了。我们抖音火了，您回去学着刷一刷啊。

三号楼的小明：你回去告诉你奶奶，卡点的叔叔说了，让她不要拉着她闺蜜的手聊天，再这样我们就告诉你妈，说她们在说你妈坏话。

…………

这以后，中街政府后院值守点上，再没出现更新的段子，居民们自觉了许多，有的还主动要到值守点当志愿者，那位曾经在电话里被卜旭伟训过话的老大爷陈某，也在隔离结束后来到值守点，冲着卜旭伟说，你这个孩子态度好，不像前段时期，有个法院的，电话里凶得吓人呢。

防疫任务紧，但卜旭伟没有丢开他的业余爱好，他保持着记"流水账"的习惯。现摘录两段他写于2月6日和2月22日的"流水账"：

> 下班回家总有担心。感谢父母、弟弟、弟妹，在这个特殊的时期不嫌弃我这个接触人多，而且防护措施不知道到位不到位的人。明天想求一个单身宿舍。
>
> 可爱的护林员之二：撒谎的朱伟杰。小朱一眼看过去就是个老实的小伙子，大冬天衣服领子开得老大，我让把衣服穿好，他就把毛衣领往上拉拉。我说兄弟，我们俩的班咋排呢？他说，老哥，我值夜班，一来夜班轻松，人少，我识字不多，晚上堵一半个人我还能写上。我说夜班冷啊，地上的冰都没消。他说，我家在龙王坝，晚上回家的车都没有，我把火架旺，晚上住下没事的。我一听这下难了，我要把自己排个夜班人家连住的地方都没有了，我就按照他说的排了值守安排表。我陪他聊到十点，他告诉我家里媳妇对他很好，也孝顺公婆，孩子也乖，就是穷点，不过现在钱够花，在县城租着房子供给娃娃。嗯？原来他在县

城有房住啊！他是为了不让我值夜班才说家在龙王坝的。

这里如有杜撰，遭雷劈。

3月初，回到单位上班的卜旭伟开始写他的小品——《法官防疫记》。将近四十天的值守经历让他的心情无法平静，他不再满足于发布在微信里的那些"流水账"，而是希望用更形象更真实的方式复原卡点上的动人瞬间，保存这些在危急情况下的珍贵记忆。卜旭伟没有写过任何文学作品，但中学时代学过的莎士比亚戏剧还留在他的脑海中，凭着模糊印象，卜旭伟开始写：

法官防疫记

舞台背景：老旧的小区楼、帐篷、桌子、铁皮隔离墙

道具：测温枪、汽车、笔、登记本

主要人物：退伍军人，穿棉衣，外面套迷彩

　　　　　法官，穿冬季棉制服戴袖标

　　　　　志愿者，穿红色志愿者服装

　　　　　护林员，穿消防服

　　　　　…………

正月十五的汤圆，有爱的味道，也有我们的坚守

2020年1月17日，农历腊月二十三，小年夜。中卫市公安局镇罗派出所所长郭振华，这个略显瘦弱皮肤白净的年轻人，依然值守在岗位上。1985年出生的郭振华从警校毕业后就被分配到了镇罗派出所。郭振华进入公安队伍后，十几年如一日地埋头苦干，他的勤奋、能干、担当，让他从一个初出茅庐的小民警成长为能独当一面的所长。

当了警察的郭振华逢年过节几乎没有陪伴过家人，今年，7岁的儿子从放寒假就开始磨他，求他陪自己一起回爷爷奶奶家过年。郭振华放心不下所里的工作，一直没松口。后来父亲打来电话说母亲这几天身体不是很好，很想他，他终于决定陪老人、孩子过一个团

囵年。郭振华的决定让与他视频的儿子高兴地满屋子跳着欢呼，父母得知后也很高兴，一家人沉浸在即将能过团圆年的喜悦中。

1月23日，武汉封城的消息传来。之前就已经传得沸沸扬扬的新冠肺炎疫情让中卫这个边远小城也不安宁了，郭振华紧急召集全体干警开会，传达上级有关新冠肺炎疫情防控会议精神，并对防控工作做了安排部署。"形势严峻，容不得丝毫马虎，也不能有侥幸心理，请大家严格按照局党委工作要求，强化战时纪律，坚决贯彻落实，确保打赢疫情防控阻击战。"郭振华的声音铿锵有力地回响在小小的会议室，他也义不容辞地挑起了镇罗派出所辖区疫情防控组组长的重任。

郭振华知道自己又要对儿子食言了。他这个爸爸在儿子那儿已经没什么"信用"可言，答应过儿子的去开家长会、去公园、去郊游，陪他写作业等，他都因为工作忙一次次食言。儿子曾经写过一篇作文《说话不算数的爸爸》，妻子让儿子念给他听，他听完后心情很沉重，他对儿子说："爸爸是人民警察，为了守住对一方百姓的承诺，爸爸只能对宝贝说对不起。"儿子还小，恐怕还听不懂这些，他这话也是说给妻子的。郭振华抽空告诉妻子，他过年回不去了，妻子也知道目前疫情形势严峻，已经猜到他要加班。妻子说她先带孩子回娘家，等他忙完了来接他们，再一起去看公婆。他们当时并不知道这场"战斗"一打就打了近两个月。

真正投入到防控战"疫"中的郭振华才发现防控工作压力重重，

各种困难接踵而至。"办法总比困难多！""世上无难事，只要肯攀登！"郭振华在给全所干警鼓舞士气。镇罗派出所管辖面积大，人口多，人员构成复杂，在地广、村多、人稠这样的复杂形势下，郭振华想，单靠派出所的力量很难快速保质完成疫情防控任务，必须和各乡镇联手抗疫，才能保证抗疫胜利。当天，郭振华连夜与各乡镇党委、政府进行对接，开会研究并迅速制定了疫情防控应急方案。他们紧密结合各镇各村实际情况，实行所领导包镇、民辅警包村、网格化管理的方式，3天之内在郭振华和各乡镇负责人的共同努力下，共设立检查卡点52个，以最快的速度解决了防控中面临的片大难管的首要问题。

卡点设好了，暂时把防止疫情蔓延的"村口"扎住了，下一步就要把群众的"心口"扎紧，要开展广泛深入的宣传工作，让群众对疫情有正确的认识，要让他们学会科学防疫，不信谣、不传谣，以免在群众中造成无谓的恐慌。郭振华有的放矢，灵活运用"枫桥经验"，由村级警务助理（专干）担任队长，快速组建了"疫情防控巡逻队"，巡逻队队员一边巡逻一边做防控宣传，做到"排查、宣传两不误"。短短一周时间，他们就组建了45支疫情防控巡逻队，队员总数达440人。这些巡逻队员都是由各村的党员带头，部分群众自愿参与组合而成，没有任何报酬。他们忍饥挨冻一直奔波奋战在疫情第一线；他们协助民警核查从武汉以及其他重点疫区回来的重点人员3000余人，发放各类宣传材料2000余份。正是有这一支支在一线冲锋陷阵的巡逻队，管辖面积659平方公里，达10万人口的镇罗派出所才能以最快的速度铺展开全方位的疫情防控措施。郭振华深情地说："守卫这一方老百姓的安全，是我们的职责所在，义不容辞！老百姓对我们的无私付出和全力支持是我没想到的，老百姓对我们的爱是最真诚最深沉的爱，我们决不能辜负。以前在警校学过'人民战争'，这一次我才真正理解了什么是'人民战争'！"

1月25日，大年初一，随着疫情防控指令升级，镇罗派出所取消所有人员休假，全员在岗。"我们所警力少，管辖范围大，其实从23日接到防控命令起，基本上就是全员在岗的状态。大家都加班加点干，没有一个人有怨言。"郭振华说，"大家无怨无悔地埋头苦干，我这个所长不能让他们再冒着危险去干，不能让他们流汗再流血。"初一一大早，郭振华就积极联系乡镇医疗部门向上级申请援助，为疫情防控一线的民警、辅警、巡逻队尽最大努力配备了体温计、消毒液、口罩、酒精、护目镜等防护用品。"刚开始的时候，这些物资到处都紧缺，我就四处想办法，给一线人员先配了一部分，不管怎么样都要把工作先开展下去。我们有的民警戴一个一次性口罩就去排查从武汉这些重点疫区回来的人，真是让人担惊受怕，但那时候确实也没办法，到处都缺防护用品。后来，分局还有上级部门紧急调配，渐渐地这些物资就不缺了。但疫情最初最严重的时候，我们的干警还有巡逻队真是冒着生命危险在工作，没一个人掉过队。"郭振华说，"我们所辖区内的3个乡镇分布于城东和城北，地理位置特殊，省道、县道、乡道又与外省外县相通，加上春节期间各乡镇外出务工人员大量返回，给疫情防控工作无形中又增加了很大的难度。可我们的干警任何时候都能够做到把人民群众的利益放在首位，他们通过人员信息摸排、防控巡逻、应急值守、道路设卡等有效措施，不顾个人安危，联合乡镇、医疗部门入户走访摸排外省返程人员600余人，其中重点摸排了湖北返宁人员62人。同时，督导各村又补充设立了13个检查卡点，在疫情防控上做到了绝不留一个死角、一点漏洞。"

疫情防控，信息摸排是关键，早发现、早报告、早隔离、早治疗，是预防和控制新冠肺炎疫情最有效的办法。疫情攻坚战的号角吹响了，因疫情发展需要，郭振华带领的镇罗派出所根据上级指示，决定在辖区内开展一次全覆盖、地毯式的大起底、大排查活动，切实保障疫情防控取得全面胜利。此次大排查活动，以派出所管辖内的东园、柔远、镇罗3个乡镇为依托，分为3个小组开展工作。自疫情防控阻击战打响以来，东园镇一直是一块难啃的硬骨头。东园镇下辖20个行政村2个居民小区，常住人口近3万，辖区内行业场所及流动人口较多，是3个镇中治安情况最为复杂的乡镇，是这次疫情防控的重镇、难镇。身为派出所所长、疫情防控组组长，共产党员郭振华二话不说，主动请缨，担任了东园核查组组长。

工作中的郭振华一向讲究方式方法，他常说"磨刀不误砍柴工"，"路走对了，事半功倍，走错了，事倍功半"。他先积极与镇党委、政府沟通对接，挑灯夜战，翻阅了他们报送上来的前期镇村干部摸排汇总的各类工作表格，在这些先期工作成果的基础上，他整理出了下一步需要重点核查的村队、人员以及行业场所，然后确定了由熟悉本村情况的村干部带领核查组成员按照"先走重点，后摸非重点"的方法，迅速进入村镇开展核查摸排工作。

大走访、大摸排工作期间，郭振华每天的工作模式都是"白加黑"，白天他与核查组成员一起逐村逐户、逐家逐人进行核查了解情况，详细填写信息登记表，晚上再一起梳理汇总数据信息，并制定第二天的工作计划。在他和全体干警夜以继日地奋力工作下，用了不到一周的时间就完成了3个乡镇6万余人的核查工作，把1300多名外省来中卫的人员信息全部排查清楚并且全部安排居家隔离，切实做到了重点人员底数清、情况明，为打赢疫情防控阻击战打下了坚实基础。郭振华说："这次疫情防控工作，对我们的队伍是一次严峻的考验，充分证明了我们的队伍是一支能打硬仗的队伍。尤其是年轻的民警、辅警，他们经受住了考验。所里的杨鹏去年刚结婚，家在中宁，小两口平时也只能在周末节假日团聚。这次杨鹏刚到家两天就接到了回所备勤的指令赶回了所里，小两口还是新婚燕尔，确实不容易。"

大排查过程中，也是危机重重。那天，郭振华和同事正在村里入户，接到了镇干部的求助电话，村民张某从河南开车回来，拒不配合防疫检查工作，请求派出所的协助。情况紧急，郭振华他们立即赶去现场了解情况。现场工作人员告诉郭振华，这个张某以没路过湖北为由，死活不配合防疫检查工作。考虑到张某从重点疫区回来可能存在感染风险，郭振华让同事原地待命，由他亲自去做工作。在他的耐心劝说下，张某不再抗拒，主动配合防疫检查并进行隔离消毒。"我这不是逞英雄、捞表现，我是领导、是党员，就得身先士卒，做表率，只有我这个领头羊做好了，大家才能铆足劲干。大排查时间紧，任务重，人手少，如果不是我们的党员发挥了极好的先锋模范作用，这个任务我们绝不会完成得这么快这么好。这次疫情防控工作中，我们的同志真的是很辛苦、很敬业，没有他们，我的工作真是难以开展。"只要说起他的同事们，郭振华的话语就充满了深情厚谊，言辞间的恳切与心疼溢于言表。

就在郭振华一心扑在疫情防控工作中时，回娘家过年的妻子张玲，在大年初二也被单位紧急召回参加疫情防控工作。张玲所在的单位是沙坡头区统计局，一共十来个人，承担了5个小区的值守任务。张玲和另外两名同事分早中晚三班倒，承担东花园社区北苑新村的值守任务，每天从早8点到22点。这个小区属于老旧小区，没有物业，只有一个看大门的老大爷，老大爷又不识字，无法完成测体温登记等工作，张玲他们这些来协助值守的干部，就片刻都不能离开。刚开始，他们在露天值守，只有一张桌子，后来在社区的协调下，支起了一个帐篷。就这样，一个帐篷，一张桌子，一个小电暖气，就是张玲他们值守期间的全部家当。

疫情严重的时候，正赶上降温，张玲一直在外面守着，也不敢喝水，怕去厕所时老大爷不会测体温，耽误事。冻得受不了了，张玲就在地上跑跑跳跳地驱寒。郭振华偶尔抽空问候一下妻子缺什么，张玲笑着说自己急需尿不湿。除了在小区门口值守，张玲他们还要协助社区入户摸底排查，给居家隔离户采购生活物资，做居家隔离户的思想工作，解答小区居民各种问题等一应工作。

元宵节这天，张玲值晚班，没顾上吃饭，郭振华从所里出来巡逻的时候，路过张玲的执勤点，给她顺路带了点元宵。因为是元宵节，派出所晚上就吃的元宵。

张玲说："吃元宵的时候，和儿子连了视频，我从娘家回来的时候没敢带他，没人照顾他，这是这个年我们一家三口第一次'团圆'，还是穿越时空的连线，真是永生难忘。振华来的时候，头发也长了，被帽子压得没了型，灰头土脸的，裤子都磨得发白了，整个人看着邋里邋遢的，一看就很累的样子。我笑他，你个大所长快赶上叫花子了……他一直都忙，当了所长就更忙了，家里很少能见到他的人影子，我现在也练出来了，十八般武艺样样行。这几天孩子开始上网课，老家没网，只能接回来，我出来执勤，他就一个人在家上课，挺懂事的。"

张玲在执勤点吃元宵的时候，郭振华给妻子拍了张照片，张玲后来用这张照片发了个朋友圈，写了这样一句话："正月十五的汤圆，有爱的味道，也有我们的坚守。"

三个倔老汉和一个"表姐"

2020年1月24日，黄河中路街道新苑社区居委会书记武新燕接到街道办事处的紧急电话，通知她宁夏确诊的首例新冠肺炎患者史某的舅舅是新苑社区居民，属于密切接触者，要求她立即联系到此人，并对其进行居家隔离。武新燕脑袋一下蒙了，虽然今天社区居委会已经进入防疫全员到岗，但在武新燕和同事们的心里，总觉得病毒的到来还有一段时间，不仅没有心理准备，更不清楚对于密切接触者的具体隔离办法。武新燕花了大半天时间，总算找到这位行踪不定的密接者，面对面商议居家隔离一事时，武新燕除了戴着口罩，没有做其他防护。

新苑社区有3600多户8000人左右，户数与人数不算多，但因居民分散，分散在9个小区，为疫情防控增加了许多困难。居委会只有10人左右，多数小区又无物业，防控开始后，仅居民小区实行封闭式管理的值守问题就成了难题。1月24日当天，武新燕一边引导居民居家防疫减少出行，一边和同事们将9个小区的出入大门减少至8个。但这8个门谁来守呢？上级要求从这天起必须紧急排查和上报武汉返银人员，居委会工作人员都得入户摸底，谁来值守大门卡点？而且必须要是信得过的、拉得下面子、不徇私情的人。武新燕掰着指头数了又数，就是把每个人都一分为二，人手也凑不够。就在武新燕一筹莫展的时候，新苑社区新苑小区的三位老爷子找到了她。

"知道你们忙，明天起我们来守大门，你放心，保证把门守好。"

这三位老爷子分别是59岁的李光华，69岁的丁洪山和72岁的马占江。

武新燕一看是他们，心里又高兴又感动。新苑社区居委会就在新苑小区里，以往无论居委会开展什么居民活动，或者施行一项新的规定，这三位总是积极响应和支持。但这一次，一个是天气冷，一个是有危险，她担心三人的身体扛不住，更不敢想要是感染上病毒怎么办。三位老爷子没给武新燕犹豫和担心的时间，在他们眼里，36岁的武新燕和居委会的多数工作人员都是"娃娃们"。现在，"娃娃们"有这么大的困难，他们不可能袖手旁观。

商量好值守轮岗的时间，1月25日早上6点，丁洪山来到新苑小区大门口。测体温、登记……丁洪山按照社区居委会的规定，开展值守工作。事实上，在1月30日银川市要求所有住宅小区实行每晚10：30至次日早晨6:30临时封闭、限制人员出入之前，包括新苑社区在内的银川市绝大多数社区已经提前实行了实名登记和测体温管理。也是在1月30日官方明确要求小区实行封闭式管理之前，不少居民还不曾意识到疫情的危急程度。所以，看见丁洪山绷着脸不留任何情面地让每个人停下来在本子上写写画画，一些不以为然的居民就有了闲话。疫情跟我们有啥关系？这是丁洪山头两天听得最多的一句抱怨，也是最需要费唇舌解释的一件事。但同时，居民们又发现，越是有人表现出不理解不配合，丁洪山就越是认真和严厉。

"俺老汉不怕，给他讲道理，爱说啥说啥，我就一条，不放你出去。"丁洪山说。

"今天你乱跑，别人也乱跑，哪天带回了病毒，大家谁也别想下楼出门。"李光华说。

"我就是给大家看大门的，我让自家人进来，以后还咋管别人？"马占江说。

1月30日起，银川市所有小区实行"本小区居民进入实行逐人实名登记，非本小区居民一律谢绝进入"的规定之后，三位老爷子就更加铁面无私了。

三位老爷子在新苑小区东门卡口的排班表是这样的：

李光华，1月25日至3月22日（截至采访日），7：00到12：00；13：00到18：00。

丁洪山，1月25日至3月22日（截至采访日），6：00到12：00；18：00到23：00。

马占江，1月25日至3月21日，6：00到12：00，13：00
到18：00；19：00到21：00。

大门由三位老爷子帮忙值守，另有不断加入进来的小区居民志
愿者，武新燕就和同事们将主要精力放在疫情防控期间的入户普查
工作上。切断病毒传播，寻找病毒可能传播的途径，社区里的入户
摸排就成为必不可少、刻不容缓、至关紧要的重大工作。

1月25日，大年初一，宁夏疫情防控指挥部门要求："对进入
宁夏境内人员实行网格化、地毯式排查管理，特别是对疫情高发
地区来宁人员，建立台账，一一检查，从严落实定时测量体温、
居家医学观察、隔离诊断治疗等措施，不漏一人、不漏一户，不
留一个死角和盲区。"这条非常时期的严厉措施落实到社区，就是
工作人员丝毫不能疏忽地入户摸底，他们开始了挨家挨户地敲门、
解释、询问和登记工作。不在家的想方设法找到电话查询情况；
有的房子已经卖了，新户主既没有到社区登记，也没有到派出所
登记，这就需要到房管局去查交易信息。白天做完入户登记，晚
上将其录入电脑，形成电子版，一天一上报。1月25日到1月29日，
武新燕和同事们按照上级要求，普查与摸排的主要对象是武汉及
湖北其他地方的返银人员。随着病毒的迅速扩散，也就是当这五
天刚刚摸排完武汉及湖北其他地方返银人员信息后，筛查对象扩
大到包括湖北、浙江、广东、河南、湖南五个重点省的返银人员。
于是，又一次地毯式的入户摸排以一种更严格、更细致、更全面
的方式开始。

1月29日，宁夏部署了第二次排查工作的具体内容，紧盯节后流动人员返程、务工人员反流、广大学生返校"三返"人口流动高峰的时间节点……建立健全县（市、区）、乡镇（街道）、村（社区）等防护网络，做好疫情监测、排查、预警、防控等工作，严格落实全面摸清底数、全面建立台账、全面进行隔离"三个全面"的要求。在这次排查中，武新燕和同事们摸底的对象其实远远超过了"重点五省"，而是对全部"三返"人员进行排查，工作量由此激增。这次排查的难度在于，"三返"人员的信息总是处于随时变动中，所以，除了在社区拿到的信息外，居委会还要随时接收飞机场、火车站、公路等各个卡口传来的消息，让小区值守卡点、对应网格员做好一切准备，随时负责接管"三返"人员进入小区后的全部居家隔离。

2月3日，宁夏对社区普查和居家隔离进行再部署，要严密排查防扩散，强化乡村、社区网格化管理，实行地毯式大排查、全覆盖大起底，确保早发现、早报告、早诊断、早隔离、早治疗。要压实乡村社区责任，严之又严、细之又细、实之又实加强辖区人口流动登记管理、健康筛查等工作，对居家隔离的每一户、每一人实行由一名党政领导、一名基层党员、一名医护人员、一名社区干部负责的"四包一"工作方式，及时提供健康监测、心理疏导、市场购物、餐饮配送四项服务。准确地说，这是疫情防控期间开展的又一轮新的"地毯式大排查"。与之前主要由社区负责的排查有所不同，这一轮排查加入了公、检、法系统的力量。2月8日，相关部门工作人员来到新苑社区，对住户进行入户排查。一周后，两账要求合一，新苑社区开始核对社区与相关部门工作人员同时普查出的两份数据表，武新燕越看越头疼，因为她发现，双方的信息出入很大。第一，相关部门工作人员的排查信息只是最近几天的，而近期"三返"人员随时都有变化；第二，相关部门工作人员入户时，住户家里可能有临时居住的亲戚，而非常住人口；第三，相关部门工作人员入户时，住户家里无人，等他们离开后，住户恰好回到了家里；第四，新苑小区常住户有3600多户，但是因为时间紧工作量大，相关部门工作人员的电子录入工作只完成了一半，又接到了新的防疫任务，所以，剩下的信息又得社区来补充。

核对、补充、完善，为了将两份排查表中的信息完全合上，新苑社区又派出专人前往派出所，在派出所连天连夜地对了三天台账，将每一条合不上的信息，再次摸底。而此时，也正是防疫任务最吃紧的时候，对居家隔离户的"四包一"要求，对小区出入人员登记和限行措施，居民的生活服务、社区的消杀工作、居家隔离引起的心理问题，哪一项都不能稍有疏忽。这段时间，武新燕和同事们天天早上8点上班，晚上12点回家。

这轮"地毯式大排查"终于结束了，但随着防疫重点的变化，由街道和社区承担的摸排工作仍然继续进行。可以说，自进入疫情防控的第一天起，社区就从来没有停下这项工作。2月27日起，防范境外疫情输入又成为一项新的、非常重要、非常紧迫的工作。自治区应对新型冠状病毒感染肺炎疫情工作指挥部在这一天提出了新要求，对入境人员和区内人员坚持一视同仁、采取相同措施、实行统一标准，严格落实检疫隔离措施，坚决防止疫情输入扩散……在摸清底数的基础上，列出工作台账、明确责任清单，把各项任务、各项要求落实到具体单位、落实到具体人员。

新苑社区党委副书记齐俊杰被大家称为"表姐"，之所以有了这个称号，是因为从1月24日以来，她就天天从早上8点到下午6点，一个人趴在电脑前，不停地填入、更新、修改，一次次地刷新着新苑社区9个小区7436个人的人员信息报表，3月18日下午5点，齐俊杰手边放着两张同样内容的表——境外返银人员信息登记表。一份是她手工填写的，一份是她刚刚打印出来的电子版。手工填写的用来做随时更新，电子版是马上要向街道办上报的。他们一直在执行日上报制度。在这张登记表上，写满了从沙特、英国、越南、马来西亚、埃塞俄比亚、阿联酋、韩国等国近期即将返回新苑社区居住的人员信息，这些信息也在随时变化，随着新冠肺炎在全世界的扩散，这些在境外学习、工作或者生活的人员将因为交通限制而调整着自己的返程时间。登记表上，有一位被齐俊杰画了三角形的重点人员毛某。毛某在法国留学，社区网格员刚刚向她反馈，毛某眼下已经落地上海机场，比之前确定的回国日期提前了好几天，她已经将此信息告知相关联动部门。

3月18日这天，还发生了一件让武新燕和居委会全体工作人员担心的事情。早上6点，三位"倔老头"中年纪最大的马占江老人来到值守点不久，便感到头晕，进而无法站立，与他一起值班的李光华见此情形赶快叫他回去休息。半小时后，马占江老人就被120救护车接到医院，初步诊断为脑梗。消息传来，武新燕尤其感到不安和愧疚，一整天心里都像压了一块石头。从1月25日到3月18日，将近60天里，她其实一直在担心三位老爷子的身体，有时候会想方设法找人去替换他们一阵，但今天还是发生了意外。如果老人真有什么三长两短，她不知道该怎样面对他的家人。下午，从医院传来的消息说，老人的病情有所稳定，武新燕多少松了口气。

老婆辛苦了

"疫情结束了，你最想做什么呢？"

"我们去拍个全家福。记者和我们要照片，不要说全家福，连我们两个人的合影都没有呢！"

在信息如此发达的今天，你可能无法想象这句话出自一对90后夫妻口中。好事之人或许会妄加猜测这对夫妻的感情可能不好吧，而事实是他们感情深厚，情浓意切。今年刚步入而立之年的程胰億，是中宁县公安局交巡警大队事故中队的一名普通民警，2012年他从宁夏司法警官职业学院毕业进入公安队伍，一直忙碌在交通事故处理一线。程胰億的妻子叶强是自治区第四人民医院检验科的一名检验师。小两口的家安在了银川，可是因为工作原因，一直分居中宁、银川两地。作为警嫂的叶强，很支持爱人的工作。程胪億几乎是家里的"甩手掌柜"，从结婚的婚房到孩子出生、老人手术等，家里的一切大事小情都是叶强一手打理。说起这些，程胪億的愧疚溢于言表。程胪億不是一个能言善谈之人，更不是一个善于表现自己的人。在他眼里他做的都是自己的分内事，不足为道。他唯一不能释怀的就是对妻子对孩子对家庭的亏欠，他说："这不是他一个人的亏欠，是所有公安的，选择当公安就意味着选择牺牲和奉献，我们不只属于自己的小家，我们更是国家的人。"

2020年的春节，随着疫情的不断升级，全社会凝结起空前紧张的气氛。程胪億从年前就一直坚守在工作岗位上。疫情发生后，所在中队根据上级要求，全员取消休假，在岗备勤。按程胪億的话说，有没有疫情，春节和我们也没太大关系，越是节假日我们越忙碌，越是别人休息的时候越是我们加班加点的时候。武汉的疫情越来越严重，最后蔓延到了全国，程胪億抽空给妻子打电话，让她做好一切准备，时刻准备着上"战场"。妻子在电话那头笑了，说："我早就开始做'战前'准备啦，我现在天天练习穿脱防护服呢，你把自己保护好啊。"

2020年1月25日，大年初一，正在出勤忙碌的程胪億收到了妻子发来的信息："提前返岗，上'战场'！"之前妻子所在的医院被确定为收治确诊新冠肺炎患者的定点医院时，小两口还互相打气说，现在我们都是战斗在抗疫一线的战士了，战友，你好！等到妻子真地踏上"战场"的时候，程胪億的心里更多的是担心。作为检验师，妻子要面对患者的标本，就是和病毒"面对面"。他这个外行，不知道那身防护服到底能起多大的作用，他看到的报道是有很多的医护人员都感染了病毒，生命垂危。但是，作为一名警察，他更懂得责任与担当，没有太多华丽的词汇去表达他对妻子的担心牵挂，给她只回了简单的五个字："老婆，辛苦了！"妻子很俏皮地回了一句："为人民服务！"

这对90后小夫妻就这样在这个特殊时期，在两个不同的地方，共同奔赴抗击疫情第一线。

披星戴月，是他们的真实写照；废寝忘食，是他们的常见状态。程脟億在中队一边忙着办理案件、备勤，一边随时会被抽调去协助派出所开展防疫工作。1月27日（大年初三）晚7时30分许，中宁县发生了一起交通事故，肇事车辆逃离现场。接到报警后程脟億迅速赶到现场，他仔细勘察后发现被撞群众已经身亡，现场也没有留下太多与案件侦破相关的线索。局党委对这起肇事逃逸事故高度重视。程脟億协同其他侦办民警经过仔细分析、研究调取的资料，初步确定肇事车辆逃往甘肃武威方向。疫情防控期间，人心稳定重于泰山！程脟億和中宁县公安局副局长黄建新、交巡警大队大队长殷玉鑫一路飞驰奔赴甘肃省武威市，终于在28日清晨5时50分许，在武威市古浪县境内截停了两辆河南籍嫌疑大货车，经过近一个小时的仔细对比，最终确定并控制了肇事车辆和嫌疑人。连续奋战了14个小时，这起肇事逃逸事故成功告破！程脟億说："辛苦总算没有白费。"对于程脟億而言，辛苦不足挂齿，只要案子能破，能给老百姓一个交代，就是对他最好的犒劳。妻子叶强在提及程脟億的工作时，并没有因为程腆億的忙碌顾不了家而有任何埋怨，反而担心起了丈夫的身体。所谓"伉俪情深"，不过如此吧。

妻子被单位召回后，给程腆億发来了一张全副武装的照片。看着照片里的妻子穿得像个外星人一样，程腆億心里踏实了一点。妻子和他的性格一样，都是报喜不报忧。他每次想问问妻子的工作到底是个什么样，都被她轻松带过，他知道这是为了让他安心。

叶强所在单位在春节前一周就开始培训他们练习穿脱防护服，进行一些与疫情相关的专业培训。而这些在我们看来又危险又高难度的工作；在叶强眼里，只是工作流程上和平时有一些不一样。因为标本特殊，以前半个小时能检测完的标本，现在可能要一两个小时。穿着防护服不透气，靴套都是塑料材质，因为实验室不是专门设计，不能开空调，穿着那套装备就是一直坐在那里不动也会流汗，持续工作几个小时流的汗就不用说了。

就在妻子与病毒面对面"作战"的时候，程腆億也在抗击疫情第一线夜以继日地忙碌着。2月初，程腆億所在的事故中队一半人被抽调到各个派出所，配合派出所人员对辖区人员进行大摸排。上级要求摸排工作做到"不漏一户，不漏一人"，只有精准的人员信息才能保证前方防疫工作的及时有效。程腆億说："那时候我就觉得自己是妻子他们这些医护人员的后勤保障部队，我们只有把大后方稳固了，他们才能更迅速更漂亮地打胜仗！"

程腆億被派到了舟塔派出所开展摸排工作。舟塔派出所下辖10个村子，差不多将近20000人口，程腆億和所里的干警忘我工作，仅用四天时间就完成了全部摸排工作，为这场疫情阻击战赢得了宝贵的时间！每天天不亮他们就戴好口罩、护目镜、手套，拿着各自的人员台账和信息统计表出发到各自负责的村镇。除了中午的吃饭的时间，他们一直都奔走在乡村的各条乡道上，顶着星星出门，戴着月亮回所，每天都差不多到晚上10点才能回到所里吃当天的第二顿饭。而这顿饭，一般也就是方便面、快食米饭等速食食品。"走了一天，又饿又累，吃什么都觉得好吃，喝口热水都觉得香得不得了！"程脿億笑着说。疫情严重的时候，正是北方冬天最寒冷的时候，在寒风中奔走一天，那滋味可想而知。

"为人民服务！"或许是90后小夫妻程脿億和叶强之间最美的情话。他们在国难当头时的义无反顾、逆流而上的行为，正是一代人的责任与担当的体现。少年强则国强，那青年强呢？这次全民疫情阻击战中，程脿億和叶强代表了这场战斗中的中坚力量，正是像他们这样的青年，在我们的国家发生重大灾害时刻，一次次挺身而出，用自己的血肉之躯践行着"为人民服务"的铮铮誓言！他们是平凡的，不会说什么豪言壮语；他们的工作是平凡的，没有鲜花没有掌声，但他们的青春无悔，生命无悔，他们是平凡的英雄！

冲锋有我

"这几天是返程高峰，不仅学生和务工返程人员多，外地来银的车辆也特别多，我们不敢有丝毫马虎。"2月24日，在京藏高速银川市贺兰山高速公路收费站，"越野e族"宁夏大队应急救援队负责人张立志正在指挥队友检查外地入银车辆。

这已经是"越野e族"宁夏大队应急救援队在该口收费站志愿值守的第24天了。

测体温，登记，查验核对身份……已经是18时15分了，进入收费站的车辆依然络绎不绝，几位队员十分娴熟地对车辆和车内人员逐一进行检查。

"越野e族"宁夏大队应急救援队是一支民间纯公益紧急救援

队伍，成立于2019年5月，队员120名，救援队的不少队员都通过了
红十字会救护专业培训、国家应急救援培训，并获得从业资格证，
可随时开展各种紧急救援协助工作。

1月29日至31日，救援队接贺兰县应急管理局指派，协助友爱社
区对社区住户和外来人口进行排查登记工作。短短3天，救援队紧急
集合12名志愿者，入户排查了贺兰印象、安鑫花园、宝庆国际花园
等8个小区近1500户住户。

2月1日，由于返城人员及车辆较多，贺兰山路收费站工作人员
紧缺，救援队又接到兴庆区政府安排的任务，协助贺兰山路收费站
对来往车辆进行疫情排查工作。救援队紧急招集了20多名队员，成
立应急先锋队，协助医护、路政、公安和其他志愿者一起，不分昼夜，
坚守在疫情防控一线。

"您从哪来？最近有没有接触过外地人员？有发烧感冒症状
吗？"每天十多个小时，队员们要对每一台车里的人员重复无数次
这样的话语。一天天，随着疫情形势的不断变化，大家的工作量也
在逐渐增加。

每一天，队员们对进入收费站的每一辆车进行消毒，为车内人
员测量体温，进行人员信息登记……看似简单的工作，却肩负着
重大的责任，救援队的每一位队员都严阵以待。由于每天接触消
毒液，洗手次数较多，队员们的双手都裂开了口子，但没有一个
人轻言放弃。

"自己平时工作比较忙，对孩子及家人的陪伴较少，但抗击疫
情是大事，我非常感谢家人的体谅与支持，让我在防控一线工作起

来动力十足！"救援队的发起人于彪说。

"24天的值守虽然很辛苦，但是有很多爱心人士都在用不同的方式来支持我们，如捐助防护用品和其他物资。这不，看到我们吃不上热乎饭，前几天队员徐波的母亲还专门下厨做水煎包给我们送来，不少餐厅也给我们送饭，我们感到特别温暖。"张立志说。

疫情当前，队员杨涛异常忙碌。他在单位执勤结束后，又放弃回家休息，继续前往收费站，奋战在一线。"我是一名党员，应该奋勇当先，冲锋有我！"杨涛说。

"没关系，我来，大家休息一会儿。"这是队员郭玉峰二十多天来说得最多的话。郭玉峰是一位民营企业家，从1月29日开始值守至今，他没有休息过一天。他不仅值守一线，而且非常关心队员们，得知救援队口罩紧缺，他出钱购买口罩；看到大家早晨出门来不及吃早点，就为大家买来方便面、矿泉水、热饮；赶上返城高峰期，队员们每天执勤到深夜，晚上灯光弱，他又购买警用防爆灯给救援队使用。

提起在贺兰山路收费站值守的那些日子，纳志刚说，自己参加疫情防控工作以来，父母和家人都很支持他。"其实，当时这里的工作人员都很辛苦，他们甘于奉献、不惧危险的精神每时每刻都感动着我。如果疫情不退，我们还会依然选择坚守！"纳志刚说。

"硬核"政策，让患者安心、
一线医护人员暖心

　　为统筹推进疫情防控和经济社会发展，支持企业复工复产，恢复
生产生活秩序，自治区财政厅会同有关部门陆续出台一系列"硬核"
政策，切实让患者安心、一线医护人员暖心、群众放心、企业减压。

　　对参与疫情防治工作的医护人员和防疫工作者免征个人所得税，
为参保企业降低成本30.66亿元，财政金融政策"组合拳"缓解企业
融资难……

　　自治区财政厅、卫生健康委、医疗保障局迅速出台有关政策及
经费保障，全力做好疫情防控保障，坚决打赢疫情防控阻击战。

　　宁夏在前期安排3000万元资金的基础上，根据实际需要，再划
拨1亿元，并统筹中央防控新型冠状病毒肺炎疫情工作补助资金，设

立自治区防控新型冠状病毒肺炎疫情专项资金，专项用于疫情防控。这笔专项资金的重点使用范围是：对疫病患者实行免费诊疗，由政府承担、自治区财政兜底保障的部分；由自治区财政承担的参加防治工作的医护人员和防疫工作者给予的临时性工作补助；对开展疫情防控工作的专用设备物资及快速诊断试剂等采购应由自治区财政承担的部分等。

2020年3月2日，宁夏应对新冠肺炎疫情工作指挥部第九场新闻发布会举行。宁夏财政厅党组书记、厅长陈春平在发布会上介绍说，截至2月底全区各级财政会同有关部门已累计安排疫情防控资金7.2亿元、医保基金24.1亿元。据陈春平厅长介绍，全区各级财政第一时间成立疫情防控工作领导机构合力抗疫。由自治区财政厅设立疫情防控专项资金，做到资金统一筹措调度、专款专用。建立应急调度拨款机制，急事急办、特事特办，第一时间足额保障患者救治、自治区第四人民医院综合楼改扩建项目建设，以及重要疫情防控物资设备购置等资金需求。同时，加强财政资金和社会捐赠资金全程监管。及时出台防控资产管理、财政专项资金和捐赠资金管理等监管办法，明确资金使用范围、监督事项。公布监督举报电话，建立"日报告"制度，畅通资金监管渠道。

3月17日，为支持企业复工复产，降低新冠肺炎疫情影响程度，保持经济社会平稳运行，自治区财政厅会同自治区地方金融监管局制定了《宁夏回族自治区"复工复产企业疫情防控综合保险"财政补贴实施细则》，助推企业积极、稳妥、有序复工复产。

防控疫情不放松，经济发展奋力追。

宁夏在加大金融信贷支持、减轻企业财税负担、加大财政扶持、强化服务保障、做好防疫物资生产企业服务保障等方面出台相关政策，助推企业积极、稳妥、有序复工复产。

为统筹推进疫情防控和经济社会发展，宁夏还推出四大政策"组合拳"。

全面落实普惠性税费优惠政策，切实减轻企业和个人负担。为了减轻受疫情影响严重的企业和个人，特别是中小微企业负担，中央、自治区第一时间出台了19项税费优惠政策，通过调整企业所得税、免征增值税、全额退还增值税增量留抵税额、阶段性减免企业社保费等多项优惠措施，全力支持疫情防控、疫情捐赠、企业有序复工复产。

打好财政金融政策"组合拳"，努力缓解企业融资难融资贵问题。综合运用财政贴息、融资担保、风险补偿、基金纾困等措施，鼓励金融机构新增贷款，特别是对受疫情影响大的中小微企业和个人，不抽贷、不断贷、不压贷，降低融资成本、分担融资风险，帮助企业渡过难关。

支持重大项目开工建设，保持投资稳定增长。今年新增地方政府债券资金安排，向自治区重大项目倾斜，并先行调度库款，全力支持重大项目早开工早建设，尽快形成有效投资。

实施就业补助政策，支持援企稳岗。加大失业保险稳岗返还、就业补助等支持力度，全面落实社保补贴、岗位补贴、培训补贴、交通补贴等就业惠民政策，支持促进扩大就业、农民工返乡创业、务工人员复工到岗。

开学，开学

　　塞上的春天来得晚，但3月下旬也已是桃李芬芳，柳树绽绿，丁香花散发着淡淡的幽香，春水荡漾的湖畔，北归的鸟儿吸引了诸多摄影爱好者。到处一派春意盎然，万物都是一副欣欣然的状态，对于很多家长和学生来说，可真是"盼望着，盼望着，春天来了……"

　　一年之计在于春。春分已过，这创造的季节、奋发的季节，人们内心的"猛虎"要关不住了。经过前段时间的努力，疫情得到了很好的控制。2020年3月18日，自治区应对新冠肺炎疫情工作指挥部印发《关于加快建立同疫情防控相适应的校园教学秩序实施方案》。方案对做好2020年春季开学复课工作作出了全面系统的安排部署，方案明确了3月25日前，高三和初三年级学生原则上恢复正常教学，全区各级各类学校按照"因时分步错峰"返校开学的原则，深入扎实做好思想、制度、物资、健康、隔离、联防联控、校园环境等方面的准备工作。

3月25日，宁夏应对新型冠状病毒感染的肺炎疫情工作指挥部发布全区新冠肺炎疫情通报：截至2020年3月24日24时，连续21天无新增确诊病例。

这一天，宁夏311所学校的155299名学生回到了久违的校园（其中银川市含高三、初三的学校80所，高三、初三共849个班，教师3596，学生43102人），开始正常上课。初三、高三学生于此日复学，家长们的心里还算踏实。从居家抗疫到复工复学，这段时间，最焦虑的莫过于家长，最费心的莫过于老师。这样一个漫长的假期，每一个人，都感到比往年的工作日、上学日还忙碌和疲惫。

为了高三和初三年级学生早日恢复正常教学，自治区各级教育管理部门做了大量工作，完善疫情联防联控包片负责制，在组建数百个"医教联合体"的基础上，进一步按照全覆盖的原则，对各学校校长、班主任、教师和后勤工作人员开展防疫防护知识和技能培训，在开展疫情防控综合演练的基础上，指导学校进一步完善应急预案，提升综合应急处置能力。

为筑牢安全防线，宁夏各市县中小学、幼儿园都进行了应急演练。毕竟，防疫抗疫对于学校管理来说是新的挑战，之前大家都没有相关经验。在这种情况下，演练就显得十分重要。通过演练，可以直观地发现问题、解决问题，防患于未然。

各学校细化学生"闭环一日流程"和应急处置流程，参演部门和人员对照各自角色，以实战态度认真对待、认真参与应急演练。

3月19日，彭阳二中的老师们收到3月25日前学校防控措施到位、物资充足评估通过后可以复学的通知时异常高兴，学校全力组织筹备开学防疫复学，制订方案和制度、安装测温通道、设置观察室、布置指示标识、绘制流程图等。年近五十又有腿伤的马校长，白天坚持定时在校园巡视排查，晚上会同班子成员反复研究解决问题。3月21日，该校组织各工作组、各处室、年级组开展了一次开学工作模拟演练活动。3月23日，学校又邀请县中医院、白杨派出所的工作人员就开学后消毒通风、体温监测、隔离观察、应急救援、防控知识、安全管理、突发性、群体性安全事件处置等，举办了集中培训和综合演练活动。演练从"实战"出发，由教职工充当学生，模拟开学进入校门，进入教室上课、食堂就餐、宿舍就寝，体温监测、卫生管理、异常情况处置、隔离观察、终末消杀、送医治疗、复课查验等细致环节，帮助前期返校的教职员工熟悉了防疫制度，明确了工作规范，掌握了操作流程和处置方法。通过演练，进一步检测和提高了学校的疫情防控和应急处置能力。

彭阳二中扎实有效的防疫复学筹备工作赢得了县评估组和各级督察组的高度评价。

初三、高三开学前一天下午3点等，银川九中针对学生较为集中的测温进校、教育教学、就餐和住宿四个环节进行公共卫生应急演练。第一环节，陆续到校的师生按照四路纵队保持一米距离排队，接受体温监测人员用红外线体温测量仪测量体温，体温正常学生进校入班；体温异常学生由工作人员带至留置观察室处置，复测体温，问询该生是否有湖北等重点省份逗留史或接触湖北等重点省份返宁人员，并做好记录，复测仍然异常，则立即联系就诊医院、对接清水湾社区，将医院确诊结果第一时间上报学校疫情防控指挥部。第二环节，学生进入教室后，班主任用红外线体温测量仪对学生进行两侧测温，对没有按时到校的学生及时联系家长，问清原因；课堂上有突然发热、咳嗽的学生，老师立即上报班主任和年级部长，并由年级部长上报学校；发热学生被带到隔离观察室，联系拨打120急救车接到医院就诊，并告知家长。第三环节，学生下课后有专人组织按照指定路线错峰进入餐厅，餐厅门口学生有序排队按指定路线进入食堂，餐前洗手并用免洗消毒凝胶消毒，一人一桌、单向单桌就餐，学生间隔一米排队取餐。

演练结束后，现场专家组就增加校门口进门通道、学生手持健康码进入等细节提出了具体建议，并为参加演练人员讲解了口罩佩戴的方法，消毒方法和环境卫生整治方法。

宁夏大学附属中学与西夏区疾控中心人员、正茂社区卫生服务站医护人员等，一起开展了疫情防控应急实战演练。除了入校和体温监测等常规工作演练，重点对805名住宿生食堂就餐、宿舍就餐等环节预案进行了细致地推敲和打磨。为了解决学生分散吃饭的问题，学校已提前备好2万个餐盒，并在食堂配备消毒液、酒精、高温消毒柜等消毒工具，保证学生用餐安全。

在模拟幼儿体温异常处置演练中，银川市第三幼儿园落实"全覆盖、多场景、重细节"工作要求，多次预演预设。老师们按照安全预案，迅速、稳妥地完成流程操作，逐项开展第一时间安抚幼儿情绪，送到保健室、分级上报、送医就诊，妥善处置"幼儿发烧"。中卫市第一幼儿园邀请社区疾控人员及中卫市妇幼保健院工作人员来园协助指导疫情防控演练工作，规范"流程图"，录制"现场视频"，按照推演做好入园测体温、晨检登记、指导盥洗、组织离园等实操演练，扎实到位做好每个环节。

紧接着，全区各市教育局、健康委、市场监管局等部门组成"开学检查评估组"，到各中学检查评估。银川市"开学检查评估组"分赴全市80所中学评估督查。虽然说各学校做了很多细致的准备工作，但还是有一些没有考虑周全的问题。评估组来到某中学检查后，提出了一系列建议：将手动的洗手龙头更换成感应式，以免交叉感染；由校医培训学生，使其学会配比消毒液，教室内配备手消；拖布要离地悬挂，保持干燥；存放消毒液的教室要拉上窗帘，避光存放，酒精与含氯消毒剂要分开存放；学生餐位要间隔一米以上，同向就座用餐；学生宿舍楼门口须专人测温、专人记录，不能让学生自己记录；宿舍内学生要脚对脚睡觉，学生学会消毒液的使用方法后自己每天擦拭桌椅；复学前一天晚上，对宿舍楼进行终末消毒，关闭门窗一小时后再开窗通风……

通过检查评估，每个学校都存在一些小问题，评估组要求学校进一步细化工作流程，立即整改，确保达到开学条件才允许开学。

对于初三、高三的学生来说，在确保安全健康的前提下，目下最紧迫的任务就是如何在短短的两三个月内冲刺中考、高考。所有学校将原有的初三、高三年级每班调整为 AB 班教学。授课时，老师在一个班级内采用直播方式进行授课，另一个班级的学生在教室内通过直播平台观看，两个班轮换着面授。从早读到自习课，学校都安排了专门的老师驻班。可以说，每个老师的工作量都翻了一番。

即将中考、高考的学生回归校园了，其他学生还在学校老师的指导和父母的督导下通过《空中课堂》及其他网络平台学习。让家庭的归家庭，学校的归学校，小部分家长如释重负，大部分家长继续承受着考验。疫情给我们的考验，改变了父母和孩子对升学、对教育、对生活的认识。经此一"疫"，孩子们受到的震动可能比大人们的感受更为深刻，对生命、家国、责任以及学校和学业的认识与往日也大大不同了，他们成长了。

最后八罗汉

"是狼就要练好牙，是羊就要练好腿。"孙伟说，"在疫情突发时，我们就是'排头兵'和'扫雷英雄'。"

2020年2月18日，自治区疾控中心领导决定由孙伟带队前往湖北潜江支援流调工作。2月19日，孙伟和石嘴山市疾控中心侯文刚、桑洋，固原市疾控中心尚锐军，以及中卫市疾控中心王忠恩等5名同志组成宁夏疾控支援潜江流调队，奉命整装集合，从银川河东机场出发，前往湖北省潜江市。

到达后，他们5人兵分多路，到不同的医院开展流行病学调查。流行病学调查是发现传染源，梳理密切接触者的关键环节。孙伟和他的队员们，通过细致的流行病学调查，找"上家"、管"本家"、追"下家"，为防止疫情扩散筑起了一道专业的防线。

确诊病例溯源、调查疑似患者、排查密切接触者，他们5人天天奔波在潜江市各大医院和社区之间，江汉油田总医院五七院区、广华院区、潜江中心医院的隔离病房……布满了他们坚实的脚印。越是危险的地方，越能见到他和队员们身着防护服忙碌、无畏的工作身影，他们同时间赛跑，与病魔较量，为疫情的防控争取先机。其间，有一例病例找不着传染源，为了调查事实真相，孙伟不顾当地疾控中心的劝阻，穿上厚厚的防护服进入病房，面对面与患者交流问询接近两小时，就诊前14天去过哪儿，坐过什么交通工具，什么时间坐的，接触过什么人，怎么接触、接触了多长时间，接触时有多远距离，是否戴口罩，风向如何……指清楚这些后，他已大汗淋漓、全身湿透，摘下口罩，脸上满是勒痕。功夫不负有心人，孙伟终于拨开迷雾，让"真凶"浮出了水面。还有一起聚集性病例，在他的带领下，通过患者调查、病案查阅、外围询问、现场还原和深入病患家中走访知情人员，全面掌握了患者的发病时间和共同接触史，推断出了患者的传播链、病例代际和传播途径，为聚集性病例调查画上了圆满的句号。

认真细致，作风扎实，宁夏疾控支援潜江流调队因此得到了潜江市疫情防控指挥部的高度赞赏，并被邀请参与潜江市疫情研判和风险评估3次，为行政部门制定和调整防控策略提供了技术支撑。

4月3日，虽然不是大晴天，但孙伟和队员们心里却是暖洋洋的，终于要回家了。

两个多月来，全国四万两千多名医护人员空降武汉，疫情得到及时控制；半个月来，医护人员陆续撤离，剩下为数不多的疾控人员打扫"战场"，为当地尽快复工复产，为下一步严防死守坚固"堤坝"，他们又留守了8天。

商场陆续开放，工厂车间陆续开工，人们渐渐恢复了正常的工作和生活秩序，湖北正在复苏，一切都在走向更好的方向。

正午的武汉，火车站空荡寂静，以往熙熙攘攘车水马龙的热闹，被空阔和安静所替代。自1月23日以来，武汉火车站，这个全国铁路线上最大的枢纽之一，在从未有过的寂然和落寞中，期望着、等待着。

此时省际交通仍未解冻，所有经过的火车呼啸而过，不做停留。

站台上只有8个人：孙伟和他的潜江分队的4名队员，马江涛和他的洪山区小分队的2名队员。

4月3日12：28，G96次列车停靠在武汉火车站，临时停车5分钟，8人登上了这趟从广州开往西安北站的省际高铁。

14：31，8人到达西安北站。

18：35，他们乘坐K1035，从西安站出发返银。

4月4日9：17，8名疾控人员平安到达银川。

至此，宁夏援助湖北抗疫任务胜利完成。